『男前マスク』と『王女のマスク』

留目弁理士奮闘記！

黒川正弘

三和書籍

この作品は、中小企業の社長、九十五万四千五百三人[*1]と
弁理士、一万六百八十人[*2]
そして、知的財産に携わる皆さまに心より捧ぐ。

主な登場人物

留目《とどめ》　茂《しげる》　下町に特許事務所を開設する。腰痛持ち。

朝井《あさい》　香織《かおる》　留目特許事務所の事務員。実は有能な調査能力を有する。

福田《ふくだ》　優介《ゆうすけ》　福田新造の二男。三流大学を出て、丸福マスクの工場を手伝う。

福田　新造《しんぞう》　有限会社丸福マスク製作所の社長。

福田　新一郎《しんいちろう》　新造の長男。大手前銀行融資課の課長。次期部長との噂がある。

工藤《くどう》　正義《まさよし》　有限会社丸福マスク製作所の専務。福田社長の幼馴染。

楊《ヤン》　雪花《チェファ》　丸福マスクの乗っ取りを図る中国人。

坂根《さかね》　馨吾《けいご》　楊をサポートする、自称、技術貿易会社社長。

辻村《つじむら》　加奈女《かなじょ》　優介の幼馴染。幼稚園の先生をしている。

辻村　奈々美《ななみ》　加奈女の一人娘。小児喘息に罹っているが……。

佐藤《さとう》　佐藤・木村特許事務所のシニアパートナー。茂のよき理解者。
安田《やすだ》　K信用金庫M町支店長。
植田《うえだ》　K信用金庫M町支店市場開発部長。優介を陰ながら応援する。

目次

閃き

茂《しげる》は夢と現実の境をまどろみながらぼんやり目覚めると、大きく伸びをした。

と言っても、右半身と左半身を別々に動かす。全身で思い切り伸びをしたいのはやまやまだが、一気に伸ばすと必ずどちらかの足が攣《つ》る。何度もあの痛みを味わうのは御免こうむりたい。気持ち良さを半分に我慢して、今朝も半身ずつ伸びをする。

布団から差し出した右手で枕もとの目覚まし時計を取ると、九時をとっくに回っている。布団の上で背筋を伸ばすストレッチや背筋を鍛える運動を十五分ほどやり、それからおもむろにメガネをかけ、ゆっくりと起き出す。茂は身長百七十三センチの中肉中背。髪の毛は寝ぐせで左のほうが立っている。

茂の住んでいるK町は東京から三十分ほど離れた私鉄沿線上にあり、急行が止まる東京のベッドタウンで、もともとは中小企業が集まる典型的な下町だった。昭和の四十年代から六十年代は希望に満ち溢れた若者が住まう活気のある町だった。それが今では六十五歳以上の老人世代が三十パーセントに迫《せま》ろうとしている。

茂はついこの前までK駅東口から徒歩九分の十階建てのマンションに住んでいた。そこを一週間前に突然引き払い、マンションとは反対側の西口にある古い商店街に引っ越してきたばかりだ。今ではシャッター通りとなった商店街の、それもまったく目立たない、いつ倒れてもおかしくない、朽ちかけそうな一軒家だ。茂自身にとってもいまだ信じられないほどの思い切った行動だった。

茂は今にも崩れそうなこの一軒家を借り受け、特許事務所として開設したのだが、顧客がこんな下町の、ましてやこんなオンボロの事務所をわざわざ訪れることはなかった。以前勤めていた特許事務所から手伝いの仕事をやる以外、これといってすることがない。だから事務所の机の前に長時間座ることもなく、大半の時間を事務所に続く六畳の居間で費《つい》やす。背筋を伸ばしたり、背筋や腹筋、大腿筋などを鍛える運動をしているが、そのまま寝っころがり、うとうとしている時間のほうがさらに長いかもしれない。

茂は大学を卒業すると、中年が憧れる大女優を登場させたテレビコマーシャルで、一世を風靡した関西を拠点とする大手の家電メーカに入社した。入社後三年間は研究所にいたが、その後、知的財産部、通称、知財部に異動となった。ここでは研究員からの発明を特許にするために、パソコン画面に向かって黙々と特許明細書を作っている。茂は研究所にいたときは先輩とともに発明者として名を連ねたが、茂自身が特許を書いたことはなかった。知財部員は皆、特許を書くために黙って日々パソコンと格闘しているのだ。

知財部へ異動後まもなくして、運命的な出会いとなる佐藤・木村特許事務所の弁理士、佐藤シニアパートナーと知り合う。佐藤から折に触れ、特許業務のいろはを仕込まれる。そして三年後、茂は社内教育制度を利用して、特許出願業務を行う専門家としての弁理士の国家資格を取得した。さらに一年後、茂は佐藤に請われるようにして、六本木のタワービルに入居している佐藤・木村特許事務所に入所することになった。一流弁理士になるためのスタートを切ったのだった。

それからの茂は佐藤の期待に応えるように、弁理士として水を得た魚のように順調に成長していた。

四年が経ったある日の朝、茂は目覚めると同時に右足前脛骨筋《ぜんけいこつきん》に、わかりやすく言えば、向こう脛《ずね》の外側にある細長い筋肉に激痛が走った。立ち上がることも歩くこともできないほどの鋭い痛みだった。タクシーを呼び、這うようにして近所の整形外科に駆け込み、そこで坐骨神経痛《ざこつしんけいつう》と診断された。ＭＲＩ検査の結果、第四腰椎《ようつい》と第五腰椎の間から軟骨が飛び出し、それが神経を圧迫していると医者から告げられた。今回のこの激痛の原因はこれだった。茂は歩くこともままならず、特許事務所をしばらく休むことを余儀なくされた。

猛烈な痛みで、眠れない夜が三日続いた。這いずりながら痛み止めを飲み続け、一週間が過ぎ、ようやく何とか立って歩けるようになるまで回復した。右足を引きずるようにして佐藤・木村特許事務所に出所したが、右膝から爪先までの傷みと痺れに加え、腰痛も重なり、憂鬱《ゆううつ》な日々が続いていた。ひと月、ふた月、み月と我慢の毎日で、その上これまでのように長時間座り続けての業務は、満足にこなすことができなくなっていた。

茂はもともと、人付き合いが苦手なこともあり、以前にも増して周りから孤立していった。

そんなある日の朝、茂は事務所に出勤するために重い右足を引きずるようにそろそろとK駅に向かった。少しでも通勤ラッシュを避けるためにマンションを一時間以上早目に出る。駅の中央で回れ右して改札をくぐり、エレベータに乗れば東京行きのホームに出る。ところがどうしたわけか、この日はふっと改札口の手前で立ち止まると、そのまま真っすぐ構内を通り抜け、反対側の西口に出た。同じ駅なのだが見える風景はまるで違う。何十年も昔にタイムスリップしたような、ここはどこの田舎町だろうかと思わせるまどろんだ空気が漂う。まったく別の駅に降り立ったような気がした。

出勤時間帯だというのに西口に急ぐ人影はまばらだ。駅を出たところがK町商店街の入り口だ。茂はその場に佇み、大きく息を吸い、ふぅーっと吐き出した。吸った空気の匂いまでが違う。見上げるとあちこちに茶色く錆《さび》の浮いたアーケードがうら寂しさを漂わせている。何年も、いや何十年も前に取り付けられたのだろうアーケードの存在だけが、往年の賑わいを思い起こさせる。

こうして商店街をゆっくり歩いていると、仕事に行かなければという気持ちが自然と失せていた。開放感というか、久しぶりに背筋が伸び、足の痛みすら和らいだ気になった。

茂は商店街通りの左右に並んだ店を眺めながら、足を少し引きずるようにしてゆっくりと歩いた。洋品店、金物屋、書店、新聞集配所、喫茶店を兼ねたパン屋、惣菜屋、それに居酒屋もある。どの店も何年も手が入れられていないのだろう。朝が早いせいもあるのだろうが、どことなく薄汚れたわびしい感じが漂ってくる。アーケードはやがて途切れ、頭上にすっきりとした青空が広がっていた。空の色までが違う。この開放感がなんとも心地よい。

さらに道なりに進むと商店街の一番奥に壊れかけた二階建ての古い家が忘れられたようにポツンと建っている。以前は何かの店だったのだろうか、店の前は横引きの大きなガラス戸四枚がはめられ、全体が土埃で汚れている。扉の上には、店構えにふさわしくないほどの大きさの長方形の看板が取り付けられており、看板の黒枠はかなり剥《は》げ落ち、四隅は所どころ朽ちている。いつ崩れ落ちてもおかしくない。店の名前が書かれているのだろうがよく見えない。畳《たたみ》という字がどうにか読み取れた。

中はがらんとして何もない。床のコンクリートはいたるところで小さなひび割れが走っている。何年も人が住んでいないようだ。ガラス戸に空き家の張り紙がぺったりと貼ってあった。

――そうだ！　ここを借りよう。

それは突然の閃《ひらめ》きだった。何年も先になってこのときのことを思い出すが、いったい自分の何がそうさせたのか、今もってわからない。発作的な思いつきとしか言いようがない。それとも痛い足を引きずり通勤することに嫌悪したのだろうか。もちろんそれもあったと思う。

茂は次の週には駅前のマンションを引き払い、このボロ屋を借り受け、「留目《とどめ》特許事務所」を開設した。

これまでお世話になった佐藤・木村特許事務所は、当然辞めた。佐藤シニアパートナーからは、「辞めることないじゃないか、しばらくペースを落として、ゆっくり仕事すればいい」と強く慰留された。それに「あんな下町でクライアント《顧客》がいるとは思えない。すぐにやっていけなくなるぞ」、と脅しともつかない忠告をもらったが、茂の気持ちは変わらなかった。

梯子《はしご》に乗り、看板の真ん中に白地に黒のペンキで「留目特許事務所」と腰の痛みを我慢しながら、慣れない手つきで無心に書いた。所々でペンキが垂れたがどうすることもできず、そのままにしておいた。

留目特許事務所が開設した記念すべき日である。しかし、この日を祝ってくれる友人も知人も一人もいなかった。

茂はそれでも良かった。寂しさはそれほど感じなかった。人付き合いが苦手というのは、こういうときは好都合なのかもしれない。

茂はそろりそろりと梯子を降りると思い切り伸びをした。途端にぴくぴくっと腰と右足に痛みが走り、ぎゅっと顔をしかめた。

香織

香織《かおる》は丸顔でつるりとしたきめ細かい肌をした愛くるしい女性だ。といってもどこにでもいるような普通の女性とも言える。ただ、横の髪を長く伸ばしているのが唯一の特徴かもしれない。

香織は小さいころより物静かな目立たない女の子で、どちらかと言えば一人で本を読んでいるのが好きな子供だった。大学卒業後は図書館司書にでもなれれば、と漠然と考えていたのだが、あるきっかけで急変する。さほど親しくもないゼミの先輩から香織のスマホに電話がかかってきた。彼女は調査会社で働いていた。

先輩はいきなり、「あたし今度、結婚するの。だから、あたしの代わりにそこで働いてくれない。お給料はわりといいわよ」、と香織に仕事の話を持ちかけた。

それを言い終えると、あとは彼氏のことを一方的にのろけまくった。香織は何故こんな話を聞かされなければならないのかと辟易《へきえき》しながらも適当な相槌を打った。

電話を切る前に先輩は、「パソコンと一日中にらめっこしているのがちょっとしんどいかなぁー」、と最後に付け足しのように仕事の愚痴をこぼした。

香織は人見知りなこともあり、なるべくなら人とかかわる仕事は避けたいと常々考えていた。だから、先輩の自慢話の他はすんなりと受け入れることができた。それにいろんな人の面接を、何度も受けなければならない就職活動をする自信もなかったというのが本音だった。大学を無事卒業すると、先輩に代わって従業員が五十名ほどの神田にある中堅のスリー・ワイ総合調査会社で働くことになった。スリー・ワイでは知的財産に関する調査グループへ配属された。部員数六名で、課長の永瀬《ながせ》は、「要は、特許調査がメインだから」とあまりにもざっくりとした説明をしただけだった。

スリー・ワイの名称は、創業者の八重樫《やえがし》、柳生《やぎゅう》、薮田《やぶた》の三人の頭文字のワイからきている。因みにこの三人は、同じ大学の先輩と後輩らしい。入社後聞いた話では、この会社は先輩と後輩のつながりを大切にしているとのことだった。最年長の八重樫は、今年七十歳で古希を迎えると同時に、創業三十五周年を祝うそうだ。入社早々にお祝い金と記念品がもらえてラッキーだね、と二年前に入所した聡子《さとこ》に言われたが、当の香織はピンとこなかった。

願い通りの図書館司書ではなかったが、すんなり就職できたことは香織の卒業年度ではとても幸運なことだった。数少ない女友達からは、「香織は絶対最後まで残ると思っていたのに」、とやっかみとも取れる嫌味を何度か言われた。

——そうなんだ、あたしはラッキーだったんだ。

そう思っていたのだが……。

一年目は特許を調査するためのソフトを覚えたり、スキルアップを図るための講習会への参加、机に山積みとなった調査依頼書への対応など、めまぐるしく過ぎていった。先輩の聡子からは、「新人だから、仕事量はわたしの半分以下なのよ」、とあてつけがましく言われたが、香織は大して気にならなかった。

——今できることをコツコツやるだけ。あと一年、いや二年もすれば追いつけそうな気がする。

何の根拠もなしに、そう思っていた。

事実、香織は入社から三年目には立派な調査員として、そつなく仕事をこなせるようになっていた。順調にスキルアップしていたある日のこと、香織は課長の永瀬に肩を叩かれ小会議室に呼び出された。何事かとドキドキしながら部屋に入ると、永瀬は一つの特許公報を香織に差し出した。

「これが何か」

香織は小首を傾《かし》げた。

「実はアメリカで、うちのクライアントが特許侵害で訴えられたんだ。それがそうなんだが……」

香織は再び手渡された特許に目を落とした。

「クライアントは、その特許をだな、はっきり言うと、『潰《つぶ》したい』、と言うのだ。それで無効にするための先行技術の調査を君に頼みたいんだが、どうだろうか」

香織は手元の公報に再度目を移すと、

「これを、あたしに、ですか？」念を押すように訊いた。

永瀬は静かに、「そうだ」と答えた。

香織はしばらく考えてから、「わかりました、やってみます」、と返答した。

永瀬は香織の承諾を見定めると神妙な面持ちで、これは内密にして欲しい。しかも、できるだけ急いで欲しい、と耳打ちするように小声で付け加えた。

永瀬から極秘の仕事だと言われ、心がざわざわしたが、内心では自分の調査能力が評価され、部員の誰よりも信頼されているのだと思うと、じわじわと嬉しさが込み上げ、やる気が沸いてきた。

香織は調査を最短で行うために、これまでに暖めてきたアイデアや工夫を凝らした方法を、今回の調査ですべて試してみようと思った。自分にとっては大きなチャンスだと、いつになく指先に力を込めてキーボードを叩いた。香織は永瀬の期待に応えるべく、残業もいとわずに頑張った。香織は『期待されている』という自分本位の思い込みで、魔法にでもかかったように心身ともに充実して、不思議と疲れすら感じなくなっていた。

これまでのスリー・ワイでの調査方法、マニュアルは、すべての技術的な要素やキーワードを網羅的に組み入れた検索式を用いるというものだった。完成度は高くなるが、余計で無駄な文献も数多く出て、真の情報を取り出すのにやたらと時間がかかる。だから経験とベテラン特有の勘《かん》がものをいうことになり、それを身につけるために多くの時間と年季を要した。しかし、一度身につくと調査のエキスパートになることができるが、そこに到達する調査員は一握りの人数に限られてくる。

一方、香織が試してみようとする方法はある意味単純なのだが、これまで教えられた方法から大きく逸脱するものだった。それは複数あるキーワードを二つずつ組み合わせて調査するというもので、一つ一つは簡単な作業だ。初心者でもでき、しかも正確に短時間で終わる。その操作をいろいろな組み合わせで根気よく続けるだけだ。いち早く仕事を片付けるためには、その組み合わせをどの順番からするかが決め手となる。

香織が編み出した方法は百パーセント完璧ではないという欠点を有するものの、これまでの方法より大幅に時間短縮でき、それなりの回答が得られるという利点があった。

調査を初めて五日目の夜だった。一人残った部屋で黙々とパソコン画面を眺めていると、これはと思わせる特許文献が目に留まった。調査ソフトからその特許をダウンロードし、明細書を読んでみると、訴えられた特許案件の技術がほぼ同じキーワードを使って書かれている。香織は技術の中身は理解できないが、きっとこれさえあれば訴えられた特許を無効化できると、香織の勘が働いた。

——これはやったかも。

香織はだれ一人いない静まり返った事務室で、震えをこらえるように膝の上でギュッとこぶしを握った。

そして、翌朝一番に出社すると、何食わぬ顔をして永瀬の机に向かった。永瀬の顔をまっすぐに見つめ、昨夜印刷したばかりの特許資料を差し出した。

永瀬は手に取ると、

「これか」

声を押し殺すようにして言った。

香織は黙って頷いた。

「これは預かっておく。わかっていると思うが、この件はわたしがいいと言うまで内密にしておいてくれ」

と、小声で釘を刺すと、永瀬は手にした資料をカバンにそっと忍び入れ、何も告げずに足早に部屋から出て行った。

その後、重要クライアントの特許侵害事件がどうなったのかと気になっていたが、永瀬からは何の連絡もないまま、一週間が経ったある日の午後だった。コーヒーブレイクにしようと給湯室に行くと、「ねえ、聞いた」、と後ろから声をかけられた。振り向くと聡子から思いもよらない言葉が耳に飛び込んできた。

「永瀬課長、当てたらしいわよ」

「えっ、何のこと、ですか?」

香織は小さく首を捻り聞き返すと、

「ほら、あの口うるさいクライアントさんよ。知ってるでしょう」

知ってるでしょうといわれれば、あの人かなーと思い浮かぶ。大柄な体に脂ぎった顔、いかにも体育会系のいかつい男性。香織の苦手なタイプだ。

聡子は自分の手柄のように自慢げに続ける。

「あいつの会社、特許侵害で訴えられていたそうよ。驚くじゃない。それもアメリカでだよ。それで課長が相談に乗っていたらしいんだけど、なんとその特許を無効にする資料をあっという間に見つけたんだって。それでクライアントさんからも大層感謝されたそうよ」

聡子は頬を染め興奮気味に続けた。

「課長は、いっつもあたしらに仕事を押し付けるばっかりで、普段何もしてないように見えたけど、やることはちゃんとやってたのね。見直しちゃった」

聡子は、いつもは永瀬のことを無能な上司とぼろくそに言っていたことを棚に上げ、自分のことのように目を輝かせた。

「そ、そうですか……」

香織は小さく呟くと、目の前が真っ暗になり、次の言葉が出てこない。

聡子はその後も永瀬の成功譚を続けたが香織の耳には何にも入ってこなかった。

そんな噂話を聞いた後も永瀬からは何の連絡もなく、無駄に日にちだけが過ぎていった。自分から永瀬に聞いてみようかと、もやもやした気持ちのまま年末のボーナスシーズンを迎えた。社内ランで配信された賞与明細書には、香織の査定は評価が一切つかない、「C」のままだった。

ところが、課長の永瀬といえば営業兼企画開発部長として出世コースの階段を確実なものにしていた。

香織の萎《な》える心を何とかつなぎとめていた糸がぷつんと切れた。椅子の背もたれに体ごとぶつけるようにして背中をあずけ、ぼんやりと天井を見上げた。所どころ薄汚れた石膏ボードのシミをじっと眺めていると、悲しみと悔しさが交錯して、涙がこみ上げてくる。

ふうーっ。大きな息を吐いた。

――これが組織というものなのか。なんて理不尽なんだろうー。

それからというもの香織はすっかりやる気をなくした。それでも一つだけ確かめたいことがあった。それは香織が内密に調査した特許資料の使い道だ。

永瀬を呼び出し、決死の思いで尋ねた。

「わたしが調べた特許資料をどうされたんですか」

何度も、何度も反芻《はんすう》してきたセリフだった。

「ああ、あれか。おかげで役に立ちそうだよ。アメリカの弁護士から、あれがあれば特許係争に勝てそうだという連絡がきたよ」

永瀬は嬉しそうにニヤニヤしている。

「それって、わたしが見つけた成果ではないでしょうか」

それを聞いた途端、永瀬の顔色がさっと青白く変わり、眉間に皺をよせた。

「まあ、そうだな。それがどうかしたか」

「課長は次期部長だそうですね。あたしには何の評価もないのでしょうか」

香織は自分の中でふつふつと湧いてくるなにかを懸命に抑えながら訴えた。

「評価？　君が何をしたのかね。わたしの指示で調査をし、見つけるべき文献を見つけただけじゃないか。君は通常の業務をこなしただけだ。それに評価を付けろ、って言うのかね」

「でも、この会社にとっても、永瀬さんにとっても重要な成果だったわけでしょう。少しはあたしだって……」

香織は生まれて初めて、必死になっていた。

「だから自分を評価しろと」

「そ、そこまでは……」

「わたしには、物欲しそうに聞こえるがねぇ。まあ、それを置いとくとしても、もう一度言うが、君はわたしの指示に従って仕事をしたまでのことだ。勘違いしてもらっては困る。君は自分が見つけたという特許と、訴えられた特許との技術的な違いや同一性、クレームの有効性などを説明することができるのかね。ただ似ているというだけでは何の役にも立たないんだよ。それを正しく分析し、技術の同一性を理路整然と記述し、比較する必要がある。それができての評価だ。二流の大学の、しかも文系の君にそれができたというのかね」

永瀬は香織を蔑《さげす》むような目で見つめ、余裕の含み笑いを浮かべた。

香織は打ちのめされる思いだった。自分の知識のなさにもあきれるが、ひと言も言い返せない、ふがいない自分に腹が立った。それにしても成果を独り占めにするなんて、酷《ひど》すぎる。これがこの会社の常識なのか。

香織はただ茫然と顔を真っ青にして立ち尽くした。

「俺はT大の工学部の出身だぞ。お前とはキャリアも能力も明らかに違うんだよ」

永瀬は勝ち誇ったように畳みかける。

香織は完膚なきまでに叩きのめされた。これまで一人でうじうじ思い悩んでいたことを後悔した。

——T大だからなんなのよ。工学部……、それがどうしたというのよ。

ここにいては、あたしがあたしでなくなる。

三年務め、仕事にもすっかり慣れ、自信が持てるようになっていたがスリー・ワイ総合調査会社を、何の未練もなく辞めた。唯一の心残りと言えば、入社以来、仕事の初歩から社会人としてのマナーやお酒の飲み方まで教えてくれた聡子先輩に、真実を告げないまま去ることだった。でも、今さらそれを言ったところでどうにかなるわけではない。かえって自分が惨めになることはよくわかっていた。会社を出ると街はクリスマスムード一色で賑《にぎ》わっていた。イブを楽しむカップルが目に入ったが、香織にはこの日を一緒に楽しむ友人すらいない。寂しさ、辛《つら》さ、悲しみを心の奥底にぎゅっとしまいこんだ。

その後、いくつかの小さな会社に勤めたが、仕事に希望を持てない香織が長続きするはずもなかった。そんなこともあって、香織は持て余す時間を学生時代のように本を読み漁った。本を読むことで、この虚《むな》しさを癒《いや》していたのかもしれない。

＊

香織はいつものように看護師をしている母親を玄関口で見送ると、さっさと家の片づけを済ませ、文庫本を片手に家を出た。商店街にある行きつけの喫茶店でいつものモカマタリをブラックで、その香りと独特の甘みを楽しみながら、最近はまっている時代小説を読みふける。特に戦国時代の歴史ものが好きで、戦乱の時代にしたたかに生きる女たちに心が惹かれた。自分ではどうすることもできない時代にもてあそばれる運命を、何とか切り開いていこうとする、そういった強い女性にあこがれを感じていた。

二時間、お気に入りの珈琲をすすりながらゆっくり本を読むと店を出る。いつもはこのまま帰宅するのだが、今日はそのままぶらぶら歩きたくなった。五月の爽やかな風が気持ちいい。久しぶりに商店街の一番奥まで歩き、アーケードを抜ける。すっきりとした晴れ渡った青空が見える。ひとつ大きく深呼吸をした。目線を落とすとその先の道の並びに色あせた二階建てのボロ屋が目に入ってきた。遠くから見ると朽ちかけた倉庫のようにも見える。舗装した道をゆっくり歩いた。人が住んでいるのだろうか。ボロ屋に近づき、看板を見上げると、『留目特許事務所』と書かれている。

――これって、『とどめ』って、読むのかしら。「止めを刺すんだ！」さっき読んでいた時代小説の家老のセリフだ。でも変わった名前。こんなところに特許事務所だなんて。以前は何のお店だったんだろう。

思い出そうとしても何にも思い浮かばない。人の記憶ってあやふやなものだなあ、と思う。

——看板の字だけが新しいようだけど……。

土埃の被ったガラス戸からそぉーっと中を覗いてみたが人の気配は感じない。誰もいないようだ。もう一度目を凝らして見た。スチール机が二つ並んである。手前の机にはプリンターとファックスがぽつんぽつんと無造作に置かれ、もう一つの机にはデスクトップのパソコンと電話があった。部屋は何の飾り気もなく、殺風景で寒々としている。

香織は以前、特許調査を担当していた経験から、この事務所がなんとなく気になった。次の日も、そして次の日も散歩の途中で、それとはなしにガラス戸越しに中を覗いてみたが、やはり人の気配はしなかった。二歩三歩と後ずさり、再度事務所の外観を見回した。やはりどう見てもオンボロとしか言いようがない。こんな汚いところに客がくるはずもない。

——すでにこの事務所は潰れたんじゃないかしら。

そう納得すると、香織はしばらくの間この事務所の前を通るのをやめた。

それから十日ほど過ぎたころ、なんとなくあの事務所が気になりだした。再びボロ屋の前を素知らぬふりをして通り過ぎようとすると、一枚の貼り紙が目に入った。端の方が破れ、風に吹かれておいでおいでをしている。

まさか、そんなバカな、と頭を振る。

近づいてみると、その紙は何日も前に貼られたようだ。そこには細いひょろひょろとした字で事務員募集と書かれてあった。香織は、この求人はまだ有効なのだろうかと訝《いぶか》った。とりあえず横開きのガラス戸をガラガラ開け、中に声をかけてみた。

「こんにちは。ごめんください」

事務所の奥に続く部屋からごそごそする気配があり、「はい」とくぐもった声が聞こえてきた。しばらくして男が柱の陰から眠そうな顔を覗かせた。

はい、何でしょうか、と言いながら出てきた男は、髪の毛はぼさぼさで、後ろの左のほうが立っている。ひょっとして寝ていたのだろうか。よれよれのチノパンとTシャツを着ている。パジャマと兼用なのかもしれない。

——ダサッ！

第一印象だった。

ガラス戸の傍にサンダルを履いた男が出てきた。

「何かご用でしょうか」

男はか細い声で言うと、何度か目をパチパチさせた。

香織は一瞬、このまま帰ろうかと思ったが、

「あのー、表の求人広告を見てきました。まだ有効なんでしょうか」

勝手に言葉が出た。

「えっ、ああ。貼り紙ですか。はい、大丈夫です」

男は少し驚いた様子だったが、中に招じ入れ、椅子に座るようにと促した。

「求人のことでお話を聞きたいのですが……」

このあとスチール机を挟んで簡単な面接を受けた。男の出した条件は、先ずはこの近所に住んでいることだった。香織の家は線路を挟んだ反対側の住宅街で、ここからだと踏み切を超えて自転車で五、六分のところだと説明した。

次に仕事の内容の説明を受けた。

「主な仕事は電話番です。でも、めったにかかってこないから」

と言って男は自嘲気味におかしくもないのに顔の半分をゆがめ苦笑した。

「それと、資料の整理ぐらいです」と続けた。

――えー、それだけなのー……。

そして、この男は事務所をゆっくり眺め回す。それにつられるようにして香織もキョロキョ

ロあたりを見回した。

「ご覧のとおりです。ですから給料は多くは出せません。その代わり暇な時は何をしていても結構です」

——なんともみすばらしい事務所だ。確かに仕事もなく暇そうだ。だからといって、その言い方はどうかと思う。バカ正直なのか、世間知らずなのか、それともまったくやる気がないのか……。

スリー・ワイを辞めて以来、どこの会社に入ってもうまくいかなかった今の自分には、この程度の仕事がちょうどいいのかもしれないと思った。

まったく拍子抜けするような仕事の内容だったが、香織は毎朝の散歩にも飽き、何の刺激もない生活にちょうど嫌気がさしていたところだった。それと親への手前もあって、そろそろ仕事を探そうと思っていた矢先に、ひらひらするこの貼り紙に手招きされるようにここに座っている。

——これも何かの縁かもしれない。それに、ここなら好きな本がいっぱい読める。

そう思うことにした。

話がまとまるとこの男は立ち上がり、ぺこりと頭を下げた。

香織も急いで立ち上がると、深々と頭を下げた。

男は顔を上げると、「わたしは留目茂《とどめしげる》です」と初めて名乗った。

「そうだ、あなたの名前をお聞きするのを忘れていました」

というと、髪の毛の立った頭をポリポリ掻いた。

「わたしは浅井香織《あさいかおる》です。かおりと書いてかおると読みます。よろしくお願いします」

香織は小さく頭を下げると留目特許事務所を後にした。

――面接を受けたものの本当にこんなところでいいのだろうか。

急に不安が大きく広がった。

翌日から出所すると確かに暇だった。日に一、二本の電話の対応。それも一本はラーメン屋の間違い電話だった。それと茂から二日に一度出てくる書類の整理ぐらいで、これといって難しい仕事はなかった。

香織は仕事をしているという実感が少しもわいてこず、これでお給料をいただいていいのだろうか、と心配になるほどだった。

留目特許事務所での勤務は午前十時から夕方の六時までで、ここの所長は朝からパソコンの前でカチャカチャ、パチパチとキーボードを叩いている。香織が出所すると「ちょっと休んできます」、と呟《つぶや》くように言い、少し猫背の格好で奥の部屋に消えていく。十五分ほどで出てくることもあれば、三十分を過ぎても事務所に戻ってこないこともある。一度は昼になっても姿を現さなかった。何をやっているのかわからない。奥の部屋から出てくると再びパソコンに向かい、カチャカチャ、パチパチやり始めるのだ。これでちゃんと仕事になっているのか、はなはだ疑問だ。

香織は、お昼は商店街の食堂に食べに行ったり、好きなパンを買ってきたり、たまには自分でおむすびを持ってきたりしていた。ぼさぼさ頭の所長がお昼をとっている姿を見たことがない。どうしているのだろうかと、気になるといえば気になるが、それを問うのも躊躇《ためら》われる。

六時になると、帰る支度をするのだが、ぼさぼさ頭の所長は、この時間帯はたいてい奥の部屋に引っ込んでいる。香織は奥の部屋に向かって「お先に失礼します」と声をかけるが、返事があったり、なかったりで、帰宅する毎日だった。

茂とは仕事の連絡以外、これといった会話はない。香織はもともとからして口数の少ない方だし、人付き合いがうまくないのでこのあたりは辛抱できる。それに暇なときは好きなことをしても構わないことになっている。だからお気に入りの時代小説を好きなだけ読めると、きっぱりと割り切ればいいのだが、そうもいかない。静かな分だけ、余計に神経を使う。肩も凝る。

何日も何日もこんな刺激のないところにいれば、誰でも気が滅入ってしまう。香織も例外ではなかった。

ひと月も経たないうちに、辞める理由を探し始めていた。

怪しい訪問者

香織は早々に仕事を片付け、読みかけの時代小説に没頭していた。最近は戦国時代から江戸物にはまっている。盗人《ぬすっと》が大店《おおだな》から五千両盗むところだ。店の主人と女将さん、それに番頭、手代が縛られ懐刀を突き付けられ、脅されている。

ドキドキしながら固い息をハーッと吐き出した。その時、何かが動く気配を感じ、ふっと顔を上げるとガラス戸越しにこちらを見ている男に目がとまった。その男は胡乱《うろん》な目つきで落ち着きがない。小説を読むふりをして上目使いにチラチラ見ていると、男はぷいと回れ右をしていなくなった。

香織はまた、手元の文庫本に目を移した。すると、また何かが動く気配がした。小説から目を離すとさっきの怪しい男がまた、ガラス戸をのぞき込んでいる。香織は本のせいではないだろうが、薄気味悪くなってきた。

「せんせー。変な人がのぞいています……」

香織は声を潜め、隣にいる茂に声をかけた。

茂はパソコンから顔を上げ、ガラス戸に目をやったが、誰も見当たらない。茂からは影になるのか、見えづらいのかもしれない。首を少し傾げ、香織を顧《かえり》みた。香織は視線を扉の方に向けると、不審な男はいなくなっていた。

香織は小説を机の上に伏せ、今度はガラス戸をじっと睨み据えた。しばらくすると、またあの怪しい男がのぞき込んでいる。香織は立ち上がり、男に文句を言おうとしたその時、ガラガラと扉を開けて、その男はぬっと入ってきた。

男は挨拶もせず唐突に、

「こ、ここは、特許事務所だよね」

おどおどした様子で念を押すようにして尋ねた。

怪しい訪問者は三十を少し回っているだろうか、どこかの工場の従業員が着るようなカーキー色の上下の作業服を着ている。

「どちら様でしょうか」

香織は恐る恐る尋ねると、男はこの先の中小企業団地でマスクを製造している、丸福《まるふく》マスクの福田優介《ふくだゆうすけ》と名乗った。

香織は不審な男が近所の住人だとわかり、安心したのか思わずぷっと吹き出し、急いでその口を両手で塞いだ。いま読んでいる小説に出てくる腰抜け同心の名前が優之介《ゆうのすけ》だったからだ。しかも、小説に書かれた人物像とそっくりだ。ちょっとボーっとした気のきかない風采だったからなおさらだ。

優介はポケットから片手大の平たい袋を忙《せわ》しなく取り出すと、茂と香織の目の前でビニールの袋をパリッと破り、中から一枚のマスクを取り出した。

「こ、これは俺たちが苦労して開発したマスクです。このマスクの特許を出したいのです」

そして、優介は取り出したマスクの特徴を何の断りもなしに、いきなり話し始めた。

「鼻梁と両頬への密着性がよく、ゴムひもで耳が痛くなりません。自信作です。だから、だから特許を出したいんです……」

優介と名乗る男は、緊張しているのか、あわてているのか話の経緯がよくわからない。それに、出されたマスクはどう見ても市販されているように見える。

「どうして特許を出そうと思われたのですか」

茂は突然のことで面食らったが、何か事情がありそうな雰囲気を察して、その理由を尋ねた。

優介はこれまでのことを上目使いにぽつぽつと語り始めた。

「話は一年ほど前になります……」

雪花

パリッとしたスーツを着こなした五十過ぎの見知らぬ男が、何のアポもなしに丸福マスクの工場に、社長の新造《しんぞう》を訪ねてきた。

男は、自分は坂根馨吾《さかねけいご》と名乗り、日本の中小企業と中国の商社をつなぐ仕事をしていると言った。それまでは大手商社に勤務し、五年間中国に駐在し、日本の雑貨品と中国の商品の貿易をやっていて、三年前に独立して今の仕事を立ち上げたという。今回、丸福マスクさんが新たに開発したマスクを、取引したいと熱望する中国人バイヤーに紹介したいのだと説明した。

このとき、新開発したマスクの売り上げは順調とは言いがたい状況だった。正直、新たな注文はありがたいことなのだが、中国人との商売は難しいと聞いているので、あえてリスクを犯す必要はない、と社長は言い、いったんは断ることにした。しかし、坂根は執拗に話だけでも聞いて欲しい、商売を抜きにしても今の中国の状況を知るだけでも聞いて損はない、と何度も何度も頭を下げるので、「では、会うだけでも」、とつい返事をしてしまった。

今から思えばこのとき、何が何でも強い態度で断るべきだったのかもしれないと新造は悔いることになる。

翌日、坂根は中国人バイヤー楊雪花《ヤンチエフア》を連れてきた。この日は社長のほか、専務の工藤正義《くどうまさよし》、開発部長の優介もこの話に加わった。

雪花は手足の長いスリムな体形に、その体の線に沿ったピンストライプのパンツスーツを颯爽と着こなし、長い髪をアップにまとめ、優雅さを漂わせたどこかの令嬢を思わせるような女性で、近頃の中国人の裕福層を連想させた。

雪花は流暢な日本語で、「わたしは日本の大学院で二年間勉強し、その後日本の企業に三年勤めました。日本の優秀な技術を持つ会社と中国の会社と、ご縁を結びたいと考えるようになりました」と自己紹介し、さらに続けた。

「ご存知のとおり、中国の大気汚染は目に余るものがあります。とても深刻な状況です。百メートル先が、いや五十メートル先すら見えない日が年に何日もあります。特に子供たちや妊婦さんたちの健康が侵されています。喘息《ぜんそく》の子供も増えています。とてもとても、心配です。わたしはこれをなんとかしたいのです。だから性能の良いマスクが欲しいのです。それでいろんな伝《つて》を頼って調べ、丸福マスクさんにたどり着きました。丸福さんが開発したマスクは最高です。

このマスクを中国の人に紹介したい。このマスクでわたしの祖国の人たちを少しでも救いたいのです。丸福さん、是非わたしの願いに協力してください」

雪花は新造に向かって深々と頭を下げた。そして、雪花は黒革のビジネスバッグから丸福の新開発したマスクを取り出し、テーブルの上に大切なものを扱うようにそっと置いた。

「これを当面、月に百ケース、売って欲しいです」

雪花は新造の手を強く握ると、「将来的には一千、いや二千ケースを購入したい」、と言った。マスク一ケースは、小分けの箱が百個入っている。一箱にマスクが百枚入っているので、一ケースには一万枚のマスクが入っていることになる。新造の工場でのマスクの製造能力は月に一千ケースだから百ケースなら十分に余裕がある。現状は夏場から秋にかけての最大の出荷時期でさえ、月に八百ケース出るのが精いっぱいで、少ない月は三百ケースを割るときだってある。百ケースの注文だけでも喉から手が出るほど欲しい。

丸福マスクにとってもいい話ではあったが、新造は当然の杞憂《きゆう》を口にした。

「うちのマスクの品質と性能には自信を持っている。しかし、値段は他より二割から三割高い。中国へ輸出するとなるとそれなりの輸送コストもかかり、かなり高価なものになるだろう。こう言っては何だが、そんな高価なマスクがあなたのお国で売れるとは思えない」

新造は断られることを覚悟して、むしろ雪花から断って欲しいと心中で念じていた。

雪花はそのことをすでに予想していたのか、美しい笑みを崩すことなく、

「おっしゃるように、そういうのはひと昔前の中国ですね。今の中国人はとてもお金持ちになりました。もちろん、内陸部にはまだまだ貧しい人たちがたくさんいますよ。でもね、中国沿岸部には日本人と同じようなお金持ちが三億人います。この人たちが買います。日本の製品は信用があります。特に衛生用品はね。だから、みんな競ってこのマスク、買います。だから、飛ぶように売れますね」

言い終えると、雪花は輝くようなまぶしい笑顔を見せた。

優介は、確かにそうだな、とそのときは素直にそう思った。新造も同席していた専務の工藤も、横で黙って頷いていた。優介は秋葉原でも銀座でも高級ブランドショップでも、中国人がお買い物ツアーに来て爆買いをし、お土産代が一人百万円だ、とニュースで聞いたことを思い出した。

性能は劣るが安価なマスクに押され販売量は減りつつある現状下で、丸福にとっては渡りに舟で、いい話であった。乗らない手はないと思われた。

新造は、もし注文が本当に一千ケースにも膨らんだらどうすればいいのかわからなかった

が、将来のことを心配するより現状の打開を優先するべきと判断し、とりあえず百ケースの注文を受けることにした。

次の月には、二百ケースの注文がきた。その次の月は三百ケースに増え、優介は正直、驚いた。雪花の言っていたことが現実味を帯びてきた。このペースで行くと半年後には本当に一千ケースになるかもしれない。新造も優介も楽観的な見通しのもと、甘美な夢を見始めていた。マスク製造のシーズン中であったこともあり、注文の三百ケースの内、百ケースはパートのおばちゃんたちの残業で乗りきった。

兄の新一郎《しんいちろう》が家業を継がなかったこともあるが、優介は都内の三流大学を卒業するとこれといった就職先を探すわけでもなく、ずるずると丸福マスクに籍を置くことになり、六年が過ぎていた。優介が丸福に在籍した六年間の中で最もよい仕事になりつつあった。

「社長。楊さんからの注文のことですが、しばらくは残業と休日出勤で乗り越えられますが、五百ケースとか、それこそ一千ケースになったとき、どうやって対応するつもりですか」

優介は父といえども社内では社員の手前もあって、社長と呼んでいる。

「どうしたものかな。お前はどうしたらいいと思う」

「新しく機械を入れて、新たな社員やパートの人を採用することも考えなければならないと思います」

「うむ、確かにそうなんだが……」

と言ったきり、新造は複雑な表情を浮かべ黙り込んだ。

新造は、優介の考えに大手を振って賛同できない理由があった。それはかつてどん底だった時代があるからだが……。

どこか胡散臭《うさんくさ》い不安を拭いきれなかったが、当面儲かればいいという思いもあり、それ以上深く考えずにこの話を受けることにした。

そして、新造の心の奥底に潜《ひそ》んでいた得体の知れない不安が、現実味を帯びてくるにはそう時間はかからなかった。

というのは、三百ケースのオーダーがふた月続いたあと、次の月が二百ケースで、その次のふた月は百ケースずつと急激に減り、その後の注文は完全に途絶えてしまった。注文を受けたマスクの代金は、翌月には指定の信用金庫口座に振り込まれており、あからさまな詐欺《さぎ》ではなさそうだった。お金が入金されていることに新造はほっと胸をなでおろした。

何故注文が来なくなったのか、仲介をしたブローカーに状況を訊こうと何度も電話を入れたが、留守番電話になっており、「あとでおかけ直しください」の冷たい機械音が聞こえてくるだけだった。

そして、さらに二カ月が過ぎると、「この電話は現在、使われておりません……」の応答で、なすすべがなくなった。

いったいどうしたんだろう、と不審に思っていたところに、長男の新一郎が平日の昼間だというのに突然工場にやってきた。勤務する銀行の近くのコンビニで買ったというマスクを持って現れたのだ。新一郎は一流の有名私立大学を出ると、将来に希望を見いだせない家業を嫌って、財閥系の都市銀行に就職していた。そして、同期の仲では出世コースの先頭を走っており、今は本店の融資部課長をしている。近々、次期部長という噂も聞こえてくる。

母親の夕子《ゆうこ》は勉強がよくできた新一郎が家業を継ぎ、父親を助け盛り立ててくれるものと期待していたが、新一郎が一流の銀行に入行すると、真っ先に喜んだのも母親の夕子であった。夕子自身も夫の苦悩を身近に見てきて、同じ苦労を息子に味わわせたくないという思いもあった。

新一郎はいつもと変わらない様子で冷静沈着、表情を変えることなく袋からマスクを静かに取り出し、新造と優介の前にすっと滑らすと、二人に問いかけた。

「このマスクは中国品だけど、親父の開発したマスクとよく似ていないか。中国に製造委託でもしたのですか」

「そんなことするわけないよ」

優介はムッとして強い口調で否定し、社長に同意を求めた。新造はそれに対して何も発言しようとはしなかった。優介は不安な面持ちで、日本人の仲介人と中国人バイヤーとのこれまでの経緯を説明した。

「そういうことか、わかった」

何かを察したのだろうか、新一郎は冷たい目を優介に向け、さらに続けた。

「ところで、マスクの特許は取っているんだろうな」

優介はピクリと肩を震わせ、社長の顔色を窺《うかが》った。

「特許など取っておらん」

新造は嫌なものを喉から吐き出すように言った。

「特許を取っていないって、それってどういうことですか」

新一郎は身を乗り出し、父に詰め寄った。

「二十年ほど前に弁理士に言われて何件か特許を取ったよ。いくつかはアメリカやヨーロッパにも出した。結構な金がかかったが、特許が取れてうれしかったのは事実だ。けど、喜んだのは最初のうちだけだ。偽物が出て、特許で阻止しようとしたがすぐに回避されて、販売を食い止めることはできなかった。弁理士になんだかんだといいように言われ、かなりの金を使ったが、何の役にも立たなかった。弁理士を儲けさせただけだ。第一、この不況下にそんなものに金など使えるか」

新造は当時の傲慢な弁理士の態度を思い出したのか、顔をしかめた。

「そうかもしれないが、特許がなかったらこの偽物を訴えることもできないじゃないか」

新一郎は丸福の苦しい台所事情を知ってか知らずか、正当論を吹っかけてくる。

「そんなことを言うなら兄貴が会社を継ぎ、とっ、特許を取って、思うようにすればいいじゃないか」

「マスク工場なんて、この日本で発展のしようがないだろう。さっさと会社をたためばいいんだよ」

「会社を潰してどうすんだよ」

優介は売り言葉に買い言葉、語気が自然と荒くなる。自分勝手な兄に怒りを隠せない。

「ビルを建てて、一階はテナントを入れ、上はマンションにするんだよ。ここなら駅に近いし、高い賃料が取れるだろう」

「そんなこと……」

「二人ともよさないか。丸福はマスクの製造をやめない。マンションも建てない。わかったな。新一郎、優介」

そう言うと新造は二人を残し、部屋から出て行った。

その後も新一郎は特許を取らなかったこと、中国人バイヤーが怪しいこと、模倣品対策がなってないことを理由に優介をグチグチとなじり続けた。ついに優介は、いたたまれなくなり、あてもなく工場を飛び出したのだった。

優介は特許を見たこともなければ読んだこともない。だから、特許を出すなんて考えてもみなかったし、第一どうすればいいのかも、さっぱりわからない。

——特許、特許って、兄貴のやつ、いったいどうしろというんだ。

怒りが収まらない。しかし、一方では兄貴が言うように特許があればこんなことにはならなかったのかもしれないと思い始めていた。

優介は特許と言われても何の知識もなく、途方に暮れるばかりだった。思い悩みふらふらと歩いていると商店街のはずれに見慣れぬ看板を掛けた店が目に飛び込んできた。『留目特許事務所』と書いてある。手の甲で勢いよく目をごしごしとこすった。

――これは、天のお導きか？　いや待てよ。ここは昔、清《きよし》の家で、畳屋だったはず。清は優介と同級生だった。畳屋を廃業して今はどこに引っ越しをしたのか、同窓会にも出てこない。

優介が子供のころからの店だから、築四十年は超えているはずだ。昔から薄汚れた店構えで、やせて骨ばった清の親父さんが一人で畳を作っていたことをぼんやりと思い出した。

――ここで訊いてみようか。でも、なんて言えばいいんだ……。特許を取りたいと言うのか？いや、いろんなことを訊かれたらどう答えればいいんだ。

ポケットに突っ込んでいたマスクを取り出し、思い悩みながら事務所の前を行ったり来たりした。中の様子をうかがうと、何か難しそうな本を読んでいる女性が見える。隣で男がパソコンを叩いている。男が事務員で女性が所長だろうか。女性は俺の気配を感じたのだろうか、こちらの方に視線を向けてくる。まずいと思ったが目と目が合ってしまった。女性は立ち上がった。優介は気まずさもあって、思い切ってガラス戸に手をかけガラリと開けた。

僕は弁理士です！

優介はこれまでの経緯やここに来た理由を初めて会った二人に話し終えると、ふーっと大きく息をついた。

「ここは特許事務所ですから、特許は出せますよ。ねえ、せんせー」

香織は茂の方を振り返り念を押す。香織がここで勤めるようになって初めて訪ねてきたお客だ。やっと仕事らしいことができるという気持ちと、本当に大丈夫なんだろうかという不安が交錯した。

「だいたいの経緯はわかりました。それで具体的にはどのような内容をお考えでしょうか」

茂は以前勤めていた佐藤・木村特許事務所にいたころと同じように淡々と質問した。

――やっぱりこの人、特許出せるんだ。

香織は胸の中にあった小さな不安が一つ消えた。

優介はこれまでのことを説明する間、手のひらで握り締めくちゃくちゃになったマスクを丁寧に伸ばし、二人にもう一度見せる。

「このマスクの特許を取りたいんです。お金はどれくらいかかりますか」

いきなり費用の話になったが、その前に聞いておくべきことが幾つかある。

「特許を出したいことはわかりました。わたしでよろしければここで手続きができます」

茂はいったん言葉を切り、優介の顔に目をやった。優介はおずおずと首を縦に振る。

茂はそのマスクを受け取ると話を続けた。

「これは試作品ですよね。まだ、販売はされていないですよね」

茂は型の崩れたマスクを見ながら確認するように訊いた。

「いいえ、販売して二年近くになります。なかなか評判がいいんです」

優介はほっとしたように笑顔になり、自慢げに小さく胸を張ったが、反対に茂はこれは困ったと、顔を曇らせた。

ひと呼吸の間が空いただろうか、茂はどう説明したものか、迷ったがはっきりと伝えるべきだと思い、口を開いた。

「残念ですが、すでに売られているものは特許にはなりません。新たに発明されたものだけです」

優介は茂の説明に、「えっ」と驚くと、そのまま固まってしまった。知らなかったといえばそれまでだが、兄に小バカにされたこともあり、ここで引き返すわけにはいかない。勇気を振り絞った。

「わかりました。でも、このマスクを真似した安い中国品が出回り、うちのマスクが売れなくて困っています。何とかなりませんか……お願いします」

優介は二人を前にしてすがるような目つきで、深々と頭を下げた。

「お気持ちはお察しします。でも、このマスクが販売されている以上、お気の毒ですが、特許は出せません。先ほども申しましたが、新しい発明品だけです」

茂は優介を諭《さと》すように丁寧に説明した。しかし、優介にとっては特許を取ることに一縷《いちる》の望みを抱《いだ》いていただけに、茂の言葉は心臓にぐさりと刺さり、目の前が真っ暗になった。

「新しいマスクですか。そんな簡単にそれができたら苦労はしませんよ」

優介はわれに返ると、か細い声で独《ひと》り言のように呟いた。

茂の方もここに事務所を開いたことに、杞憂からはっきりと後悔に変わっていた。

——今まで付き合ってきたクライアントで、こんな基本的なことを知らない人はいなかった。やはりこんな下町では、無理なんだろうか……。

ため息が出そうになるのを何とか堪えた。そして、かろうじて話をつないだ。

「とりあえず。このマスクのことを教えてください」

茂は優介が取り出したマスクを手に取り、表や裏を眺めるようにしてみた。

「本当のところは大した技術なんてないんですよ。昔からやっていることなんだから」

特許が取れないとわかるとぶっきら棒に、投げやりな言葉が返ってきた。

――困ったなあ。特許にならないものを持ってこられてもなぁー……。

茂はこれ以上訊くことも話すこともなくなった。

二人のやり取りを心配そうに聞いていた香織が、

「とにかく、お持ちになったマスクについて、もう少し詳しく教えていただけますか。何か新しい発見があるかもしれません。ねえ、せんせー」

努めて明るい声で茂に同意を求めた。

「そうですね。もう少し、このマスクの特徴を教えてください」

茂も香織に促されるようにして尋ねた。

「でもこのマスクじゃあ、特許は出せないんでしょ」

優介は捨て鉢になっていた。

「まあ、そうなんですが、何か隠れた技術や特許にできるヒントがあるかもしれないので」

優介はフンと鼻を鳴らすと、しぶしぶ話し始めた。

「このマスクはいろいろと工夫をしています。例えば、頬に当たるこの部分を見てください。頬にフィットさせるために他社よりギャザの数を増やし頬との隙間を減らして、フィット感を向上させています。その分、手間がかかるけど、俺の工場では手を抜かずにきっちりとやっています」

優介はマスクの話を始めると、徐々に人が変わったように目をキラキラさせた。マスクを手に取りしわを伸ばしながら慈しむように話す。

「それから、マスクを開いてきれいな立体マスクになるように鼻梁の部分に細いプラスチックの芯を埋め込んでいますが、この芯に最適なプラスチックを選定するのにも苦労したんです」

と、次から次へと優介のマスクにかける情熱が溢れ出てくる。

茂は、以前勤めていた電気会社の真っ赤な顔をして説明する技術屋さんとダブって見えた。

――彼らも同じような目をしていたなあ。

茂は佐藤・木村特許事務所に転職してからは、技術者と面と向かって喧々諤々《けんけんがくがく》と議論を交わすことがなくなっていた。優介の熱く語る熱情が茂の琴線《きんせん》を震わせた。

「そこまでいろんな工夫ができるなら、また新しいマスクを開発すればいいじゃないですか」

香織はにっこりと笑顔を浮かべながら軽い気持ちで言った。

「そんな簡単に新しいマスクができるなら誰も苦労はしませんよ。このマスクだって、開発してから製品にするまでどれだけ大変だったか」

現実に戻った優介の声はこれまでとは明らかに違って怒気を含んでいた。

香織は優介の怒りと声の大きさに驚き、身を竦《すく》ませ硬くした。

——やっぱり、あたしは人付き合いが下手だ。

居心地の悪い時間がしばらく続いた。

香織は自ら招いた重たい空気を払いのけようと、必死に考えた。

「女性がマスクを付けると口紅とか、化粧落ちが気になるんですよね」

優介も大きな声を出して恥ずかしかったのか、香織の質問に小さく息を吐き返答した。

「女性専用のというか、口紅が付きにくいマスクはすでにあります。立体ギャザの崩れにくい、真ん中にも固めの細い針金を通したものです。外国では先のとんがったペリカンの口のようなマスクがあります。こんな格好の悪いものは、日本ではまったく売れませんけどね」

優介はマスクのことになると別人のように饒舌《じょうぜつ》になる。

「ああ……、そうなんですか」

香織はその変わりように驚いたと同時に、少し気持ちが和み、思いつくまま次々に質問した。

「去年の夏に風邪を引いたんです。そしたら、鼻や口の周りがマスクで蒸れて、すごく気持ちが悪くなって。これを何とかできないでしょうか」

「例えば、このマスクはサラサラっとした生地を肌に当たる面に使用しています。これ以外でもそれぞれ工夫され、すでに売られています」

優介は手に持っていたマスクを香織に渡した。

香織はマスクを手に取りながら続けた。

「それにマスクを長時間付けているとゴム紐で耳が痛くなるわ。もう少し何とかならないかしら」

「俺たちの作っているマスクの紐は、幅広の柔らかいゴム紐を使ってるから、他のものより痛くなり難いはず」

「なるほど、これがそうですね」

茂は香織からマスクをもらうとゴム紐を手に取り、引っ張りながら確かめる。

「そうですね。これなら耳が痛くなり難いかもしれませんね」

使い捨てのマスクだけど自分たちが知らないところで細かいところまで工夫が凝らされてい

るのがよくわかった。改めて眺めてみると、なるほどよくできた製品だ。これらのアイデアや技術が、日本人を通して中国人ブローカーに盗まれてしまったのか。それも安直な模倣品が出回り、販売されてしまったのだ。

茂はマスクから視線を上げると優介と目が合った。

「うちの工場。今でも厳しいのに、このままこのマスクがだめになったら……。何とかなりませんか。もう一度考え直してみてください」

優介は必死な顔つきでもう一度深々と頭を下げた。

しかし、茂から発せられた言葉は、優介にとって身震いするほど冷たいものだった。

「誠に残念ですが、発売されてしまっているマスクでは、何度頭を下げられても無理なんです。特許は取れません」

「俺みたいに金のない奴はだめだってことですか」

「そういう問題ではなくって、誰が来てお願いされても、無理なんです。法律で認めてもらえないのです。だからダメなんです」

優介はもうこれ以上返す言葉もなく、ガックリと肩を落とし椅子に沈み込んだ。

「やっぱり、新たな特許、考えましょうよ……」

香織にアイデアがあるわけではないが、懸命に頭を下げ続ける優介を見て、何とかしてあげたいという気持ちが芽生えていた。自分に関係ないといえばそれまでだが、この退屈な生活に飽きていた。それに……、この事務所のためにも何かしたいと、少しは思い始めていた。

そういう気持ちが香織にやる気を取り戻させたのかもしれない。

——そうだ。困っている人が目の前にいる。あたしはマスクのことはわからないが、調査のことなら何か手伝えることがあるかもしれない。

「ねえ、せんせー。ひょっとしたら何とかなるかもしれません。今日は事情をお聞きしたということで、明日もう一度来てもらいましょうよ。それから改めて相談しませんか」

香織は二人の顔を交互に伺い見るようにして提案した。

優介はお金さえ出せば、すぐにでも特許が取れるものと思っていた。ところが、新しい発明しか特許にならないという。自分の無知と特許が出せない現実に絶望的な思いだったが、香織の言葉にわずかだが救われたような気がした。

「わかりました。じゃあ、俺、明日もう一度来ればいいんですね」

と、返事すると留目特許事務所を後にした。

——なんだか妙なことになってきたなぁ……。これで仕事になるとは思えないが、これも成り行きというものか。

茂はそう思いなおして、佐藤・木村特許事務所からの手伝いの仕事に体を戻した。

香織は自分の席に戻り、「よーし」と気合を入れる。

「せんせー、こっちのパソコン借ります」

自然とテンションが上がる。茂の返事を待つことなく、ネット通販で買った中古パソコンを立ち上げ、キーボードを手元に引き寄せると猛烈なスピードでバチバチ叩きはじめた。

茂はその様子をぽかんとして眺めていた。

＊

優介は留目特許事務所での一件を新造に報告するために、社長室に入ると新一郎はまだ居り、社長に顔を寄せ、なにやら深刻な顔つきで話し込んでいた。

新一郎は優介の姿を目の端に認めると、父親から離れ、

「なんだ、いきなり。なんか用があるのか」

と、イラついた声をあげた。

優介は嫌な予感がしたが、この町に新しくできた留目特許事務所を訪ねたことを告げ、すでに販売されているものは特許にならないことを二人に話した。

「そんなこと、あたり前だろう。お前はそんなことも知らなくて、よく工場を経営しているな」

新一郎の発言は常に正しいが、にべもなければ、素っ気もない。

優介は先ほどのこともあり、ムカっとイラついた。

「だから新しいマスクを作って、特許を出すんだ」

売り言葉に買い言葉。優介は前言を挽回すべく、つい口走ってしまった。

「へぇ～、新しいマスクの特許だって。それで、そこは信用のできる事務所なのか。ちゃんと調べたんだろうな。こんな下町で特許事務所だなんて聞いたことがないぞ。なんだか怪しいなあ。それに身元のよくわからない田舎弁理士に大事な企業秘密を打ち明けるなんて、俺には到底考えられない。もし、その秘密を漏らされたりしたら目も当てられないぞ」

新一郎は優介の話をまともに聞こうとしない。

新造は二人の話を黙って聞いていたが、

「二人とも、もうよさないか。特許の話はこれで終わりだ。優介、その何とか事務所へは二度と行くんじゃないぞ」

強い口調で命じた。そして、新一郎の方に向かって、

「お前の話も絶対ないからな。いいな」

と、言い終えると社長室から二人を追い出した。


翌日、優介は夕刻になっても留目特許事務所に出向くことはなかった。社長や兄の言い分もわかる。これ以上自分たちの企業秘密をしゃべるのもためらわれる。

——でも、あの留目という人も事務員さんも自分のことを本当に心配してくれていたと思う。そんな人が自分を騙《だま》すだろうか。下町とはいえ、腕のいい先生はいるはずだ。いや、待てよ、それが俺を騙す手口なのだろうか。それに社長は、特許は役に立たないと言っていた。兄貴は必要だと言う。いったいどっちが本当なんだ。俺にはわからない……。

優介の頭はごちゃごちゃに混乱し、考えは堂々巡りをした。どうしたらいいのか判断できない。そうこうするうちに一つの思いに至った。

——このまま何もせずにじっとしていたら丸福マスクはジリ貧になる、多分、そうなる。潰れるなんてことになったら。まさか、と思うが……。

そう考えると、背中にヒヤリと冷たい汗が流れた。

——お前はそれでいいのか。

内なる声が聞こえてくる。

——どうせおかしくなるんだったら、お前のできることをすべてやったらどうなんだ。

優介は悩んだ末に、やっぱりあの人たちに相談してみよう、と工場を出たのは夜の七時を過ぎ八時に近い時間だった。

茂は蛍光灯だけが白く輝くボロ事務所で、明細書つくりに没頭している。夕刻からこの時間帯が最も集中力が高まる。ここに事務所を構えてからすっかり夜型になってしまった。佐藤・木村特許事務に勤めていたときは、誰よりも早く出所し、静まり返った部屋でただ一人パソコンに向かい明細書を作成していた。そして、仕事が早く片付いた日はスポーツジムでトレッドミルに乗り、黙々と走り、ひと汗流すのが習慣となっていた。

それが座骨神経痛になり、そのためもあって佐藤・木村特許事務を辞め、このＫ町に特許事務所を開設してからは生活スタイルが一変してしまった。

もちろん、トレッドミルで歩くことも、路上を颯爽と走ることも今はまだまったくできていない。仕事の合間にやるストレッチがわずかな気晴らしになっている。

香織は黙ってパソコンを叩いては、溜息とも吐息ともつかない声を出している。ふっと顔を上げ、壁に掛けた鳩時計を見た。この時計は香織が自宅から持ってきたもので、殺風景な事務所の中で唯一心を和ませるものだった。

「優介さん、遅いですね。もう来ないのでしょうか」

茂も頭を上げ、鳩時計を見た。

ホッホー、ホッホーと小窓から鳩が飛び出し、八時を告げた。

「ああ、もうこんな時間ですね。香織さん、今日はこの辺でおしまいにしましょう。優介さんはもう来ませんよ」

「でも……」

と、香織は呟《つぶや》き、割り切れない気持ちで暗く沈んだガラス戸にふーっと目を移すと、事務所の蛍光灯に照らされた優介がぼんやりと幽霊のように立っていた。

優介はガラ、ガラ、ガラとゆっくり扉を開けて事務所に入ってきた。しばらく二人を見つめて、

「おっ、俺を騙《だま》してないですよね。留目さんは特許、出せるんだよね」

「ダマす……？」

茂は優介が何を言っているのか一瞬、意味が分からなかった。

「入ってくるなり、失礼じゃないですか」

香織は優介の言いようにムッとした。

だがよく考えてみると香織自身、茂が本当の弁理士なのかどうか知らない。気にしていなかったというのが正直なところで、優介にそう言われてみると、こんなみすぼらしい事務所だなんて、怪しいと言えば怪しい。

香織と優介は、黙って茂を見つめた。

「えー、まいったなー。僕は弁理士ですよー」

茂はボサボサ頭をかき、「自分で弁理士を証明するなんて……」、ブツブツ言いながら奥の部屋に入って行った。

何かごそごそする音が聞こえてきて、やがて一冊の本を持って出てきた。パラパラとページを繰る。

「これは弁理士が登録されている本です。えーっと、ここにわたしの名前が載っています」

「でもそれって、偽名《ぎめい》を使って適当なこと言っているだけかもしれないじゃないですか」

香織は優介を見ながら意地悪な言い方をした。

「しかたないなぁ。じゃあ、これを見てください」

机のパソコンに向かい、佐藤・木村特許事務所のホームページを開いた。

「以前、わたしはこの事務所で働いていました。今はここの手伝いをしているのですが……、確か、わたしの顔写真が残っているはずです」

弁理士としての茂の顔写真が載っており、右上の髪の毛が跳ねている。簡単な略歴や専門分野などプロフィールが紹介されていた。

優介と香織は、ピンと跳ねた髪の毛を見て、これは間違いないと頷いた。

「そうだ！」

茂は何かを思い出したのか、再び奥の部屋に行き戻ってくると、小さな桐箱を二人の前に置いた。

香織はそれを開けると、菊の花と桐の花の文様をあしらったバッジが入っていた。

「それは弁理士のバッジです」

「わあー、格好いいですねー」

香織は思わず叫んだ。

「菊花は『正義』を、桐花は『国家の繁栄』を表すとされています」

茂は弁理士試験に合格し、授与式の晴れがましい日のことを思い出していた。

香織と優介の二人は顔を見合わせ、金色のバッジを見てようやく納得したようだ。

「すいません。疑ったりして……」

優介は眉を八の字に下げた。

「実はあたしも……、だって、そうじゃないですか、こんな下町の汚いボロボロの家で特許事務所だなんて、どこから見ても怪しいですよ」

「汚くて、ボロボロで、そのうえ怪しくてすいませんね」

茂は子供みたいに拗ねた口調で言った。

「えっ、そうじゃなくって、せんせーが悪いんじゃなくって……」

香織は顔の前で両手を激しく振った。

「確かにそうかもしれませんね。以前は畳屋だったそうです。確かにこんなボロ屋だし、本物の弁理士かどうかもわかんないですよね」

茂は自嘲気味の苦笑いをすると、改めて事務所の中を見回した。六本木にある佐藤・木村特許事務とはその広さ、大きさ、美しさ、快適さ、どれを取ってみても月とスッポン以上の開きがある。茂はがっくりと肩を落とした。

「せんせー。弁理士合格証書を入り口から見えるこの上に掲げましょう。そしたら優介さんみたいな誤解は起きないでしょうから」

香織は自分のことを棚に上げ、優介を睨みながらそう言った。

香織自身もこの事務所で働き始めてから茂のことを百パーセント信じていたわけではなかった。本音を言えば、ひょっとして……、という疑念も少しはあった。優介が二の足を踏む気持ちもわからないではない。自分だって適当な時期が来たら辞めるつもりでいた。

茂は自分の椅子に座るとふーっと息を吐いた。

「わたしがここに事務所を開いた経緯をお話ししましょう」

新型マスクの開発

香織と優介は茂の口元を注目した。二人の視線を感じた茂はお尻をもぞもぞと動かすと、ポツリぽつりと話し始めた。

大学を卒業して運よく大手の家電メーカに入社できました。最初の三年間は、研究所で上司や先輩に言われたとおりに実験をしていました。大人しそうに見えたからでしょうか、どちらかというと地味な知的財産グループに異動になりました。わたしは人付き合いが苦手だったのでこちらに移って内心ほっとしました。知財での仕事振りはごく普通だったと思います。会社人生の中で唯一自慢できることは、社内の教育制度を使って弁理士の資格を取るために猛勉強したことでしょうか。その甲斐あって二度目の挑戦で合格しました。

それから二年して、仕事で付き合いの深かった佐藤・木村特許事務に転職しました。そのきっかけは、所長の佐藤シニアパートナーに共感したことが大きかったと思います。その先生に強く誘っていただき、弁理士としての考え方や仕事の基礎を教わりました。そのおかげで今では弁理士という仕事が天職だと思っています。

香織と優介は、黙って茂の話に耳を傾けていた。

茂は続ける。

佐藤・木村特許事務でもまじめに仕事をしました。たまたまなんでしょうけど、大きな失敗もなく、弁理士としては順調にステップアップできたと思っています。そして、あっという間に四年という歳月が流れていきました。

ちょうどそのころからでしょうか、この仕事にふと疑問を持つようになりました。自分は本当の技術、真の発明がどこにあるのか知らないまま字面を合わせるように、事務的に特許を書いている。技術者の想いをどれだけ汲み取り、理解できているのだろうか。心のこもった明細書を書けていないのではないかと悩むようになりました。

発明や技術の本質を知ればもっと違う明細書になるのではないか、それがどういったものなのか具体的に理解していたわけじゃないですけど、もやもやした想いがこの辺りに溜まって苦しくなりました。

茂は自分の胸のあたりを掴むと、さらに続けた。

満たされないまま悩んでいたある日の朝、本当にそれは突然でした。朝、起き上がろうとすると右足に猛烈な痛みが走り、思うように立ち上がることができないのです。今でも思い出したくないような激痛でした。右足がち切れそうな、むしろ切り離してほしいような、それほどの痛みでした。病院の検査で座骨神経痛だと診断されました。最初は腰に痛みを感じなかったので、病名に納得できなかったのですが、そのうち腰も痛くなり、しばらくの間、事務所を休むことになりました。歩くことも通勤することもままならないのですから当然です。

わたしは以前、この駅の東口にあるマンションに住んでいました。少し歩けるようになったある日、西口の商店街を歩いているときにこの家を偶然見つけました。そして突然、閃いたのです。この家を借りて特許事務所を開こうって……。

それで佐藤・木村特許事務所を辞めることにしました。辞めると決めてからは気が楽になったのか、ずいぶんと体が動くようになりました。そして、香織さんが来られ、今に至っています。

茂は話し終えると、感慨深げに改めて殺風景な事務所を眺め回した。

「そうだったんですか。そんなことが……。恩師の先生の事務所を辞められて、さぞ辛かったでしょうね」

優介は優しい眼差しを向けた。

香織は茂の話を聞きながら、自分がスリー・ワイを辞めた経緯を思い出していた。

「あたし、あたしも誤解していました。腰が悪いなんて全然知らなくて。それで、今はどうなんですか」

「痛みはまだあります。我慢できないほどではないのですが、長時間座っているとどうもねぇ。今は腰より右ひざから足先にかけて痺《しび》れがあって、これがどうにも気持ちが悪いのです」

それは大変ですね、と香織は気遣った。

「これはわたしの個人的な問題ですから。それより、お二人に信用してもらえたのでしょうか」

香織と優介は顔を見合わせると、うんうんと首を振った。

和やかな空気に包まれると、香織が一気に話題を変えた。

「実は、優介さんが来るまでにマスクの特許と実用新案を調べていました」

「朝から本も読まずにパソコンをいじっていたのは、それだったんですね。それでどんなものがありました？」

茂は、ここにあるパソコンではたいしたことはできないだろうと、と軽い気持ちで訊いた。

「調査はとりあえず三年の期間に絞りました。その間に出願されたもののリストがこれです」

香織は目をキラキラさせ、プリンターから吐き出されたばかりの資料を机の上に並べた。その資料には、その年の出願数、会社ごとの出願数などがグラフや表でまとめられていた。

「いったい、これは……」

茂は一目見てその完成度に驚いた。

――素人では絶対に無理だ。自分だってこんな短時間にここまでのことはできない。

「香織さん、これはどういうこと……」

香織は調査会社での経験を二人に話した。話し出すとどうしても永瀬との苦い思い出が蘇ったが、その話は無理やり封印した。悔しさが込み上げてくるからだ。

「調査会社にいたのですか、それは頼もしいです。優介さん、香織さんはすごい戦力になりますよ」

優介はいきなり戦力になると言われても、何のことだかピンとこない。

茂は何かを考えるように顎に手をやった。そして、小さく頷くと香織に先を促した。

「これらの調査結果をヒントにできないでしょうか。優介さんたちのこれまでのアイデアをせんせーに特許にしてもらうのよ」

その言葉に勇気付けられたのか、優介は反射的に、お願いしますと頭を下げた。

しかし、茂は机の資料に目を通すと、険しい表情になり考え込んだ。

「う～ん、特許はどうかな～」

「どういうことですか。調査は十分とは言えませんが、これだけ揃っていきます。もっときちんと調べて、アイデアを出せば……」

香織は納得できないとばかりに茂をキッと睨んだ。永瀬とのあの嫌な思い出が脳裏をかすめた。

優介は二人の会話についていけず、いったい何を話しているのかわからない。

香織の目の奥にある鈍く重たい光を感じた茂は、

「いや、言い方が悪かったかなあ。今回の優介さんのケースは、特許じゃなくて、実用新案にしたらどうかなって思ったんです」


「ジツヨウシンアン？　俺は特許が欲しいのです。特許でなきゃ、ダメなんです」

優介はまた、特許が取れないのかと思い、必死になって訴えた。


「もちろん特許も出せますが、煩雑な審査があり、それに合格するのに何年もかかります。それに伴い費用も嵩みます。実用新案だと、出願と同時に権利を得ることができますし、費用だって格段に安くてすみます」


「へぇ～、そうなんですか。それで……、実用新案って何ですか」

優介の顔に不安と希望の光が交錯していた。

茂は特許と実用新案の違いを簡単に説明した。

「実用新案は特許と比べると小さな発明とか、アイデアやちょっとした改良などが対象になっています。しかし、権利を主張する期間は十年で、特許の二十年の半分になります。ですが、マスクの商品寿命を考えると、十年間守られれば十分なんじゃないでしょうか」

優介はすべてを理解したわけではないが、茂の説明で大方のことは納得できた。確かに同じマスクを十年も作り続けることはめったにないことだ。だから、費用が抑えられてすぐに権利が得られれば丸福にとっても損はないし、好都合だ。

優介が納得したのを見定めると、茂は堅い表情のまま話の穂を継いだ。

「実用新案を出すための、そのアイデアですが……、実は申し上げにくいのですが、わたしにはさっぱりでして……」

緊張して聞いていた優介はガクッと肩を落とし、ずっこける。香織も期待していただけにあ然となった。

「それは俺が考えます」

優介は力強く断言した。

「そうですよ、せんせー。これから三人で考えましょうよ」

それを合図に茂と優介は、頭を突き合わせて考え始めた。しかし、そう簡単にアイデアが浮かんでくるわけではない。

茂は、特許は書けてもマスクの知識は何もない。優介が持ち込んできたマスクを手に取り、プリーツを開いたり閉じたり、耳にかけるゴム紐を引っ張ったり、マスクをつけてみたり、いろんなことをやってみたが、そこから先には一歩も進まない。正直なところ、何のアイデアも浮かんでこない。まったくのお手上げだ。

優介の方は、白い紙に四角や三角形に紐をつけたものを描いている。これがマスクかと思われるようなものまである。

茂は鉛筆片手に「う～ん」とうなっている。

そんな二人を横目で見ながら香織は先ほどからパソコンのキーボードをパチパチ叩いている。茂はカチャカチャ、パチパチの音が気になり、香織の方を見た。

香織は茂の視線に気が付くと、二人に話しかけた。

「最近出されたマスクに関する特許と実用新案なんですが……」

そういうと、ディスプレーの画面を二人に向けた。そこには発明のタイトルとその概要、それとマスクの図面が載っている。図面といっても素人が描いた素描のようなものだったが、一目見てマスクだとわかる。液晶画面に表示されていた図面のマスクは鼻梁に沿って三角形の小さなカバーのようなものが描かれている。図面の説明文には呼吸をしても息が上方に漏れないため、メガネが曇りにくいと書かれていた。

「なんだ、こんな物でも特許になるのか」

優介は今さらながら驚いたように目を丸くした。

「いえ、これは実用新案です」

と、香織が訂正する。

「これが実用新案ですか。この程度でいいならいくらでも思い付きそうな気がします」

優介は急に元気になり、目の輝きが増したようだ。

「それで、調査の続きはどうなりました」、茂は先を促した。

香織は、特許庁のデータベースから呼び出した実用新案や特許に記載されている内容のいくつかを掻い摘んで紹介した。

マスクを作っている優介でさえ、いろんな工夫がなされていることに、今さらながら驚いているようだった。

「そんなにいろんなマスクが考案されているのですか。それ以外の新しいものとなると……、難しいなぁー」

両手を上げ、背もたれに体を預けると大きなため息をついた。

「これまでにない新しいマスクにしなければ……」

茂はわかりきったことを口にしたが、そのあとの言葉が出てこない。

「関係ないかもしれませんが」、と香織が声をかけた。

うん？ と茂は元気なく目で先を促した。

「特許を調査するときなんですが、その発明に絶対に必要な技術的要素というか、技術用語がありますす。それを必須要件といいますが、多くの場合、それらをキーワードにして調べます」

「それはそうだけど、それがどうかしたのですか」

茂は首を傾げた。

「マスクに今までにない新たな機能を付ければ新型のマスクになるのでしょう。それだったら何か別のキーワードをくっつければいいんじゃないですか。適当に……」

「適当というのは、ちょっと乱暴なような気がしますが、具体的にはどうするのですか」

「簡単に言えば、そう……、イチゴ大福みたいな」

「イチゴ大福……？ それとマスクとどういう関係があるのですか？ ぜんぜん違うと思うのですが」

「イチゴ大福って、イチゴと小豆餡の入った大福との組み合わせでしょう。最初は違和感があり、ミスマッチだと思いましたよね。でも今では定番になっています」

「まあ、そうですけど……、マスク大福……、それともイチゴマスク、ですか」

茂は真顔でトンチンカンなことを言う。

「そんなものを作ったら顔中べたべたになりますよ」

優介は二人のやり取りに笑いをこらえながら言った。

香織もくすくす笑いながらその意味を説明した。

「もちろん、マスク大福でも、イチゴマスクでもないです。例えば……」

香織は上目使いに考えた。

「そう、マスクって、口とか鼻の周りに汗をかきますよね。特に夏場など。そうすると気持ちが悪くなるじゃないですか。それと蒸れると嫌な臭いがするしね。サラッとシートを付ければいいと思います。それに、高原にいるような爽やかな気持ちにさせるとか、それとも、森林の香りとか、海のにおいなんてどうかしら。アロマテラピーマスクなんてどうですか。ちなみに、あたしの好みはラベンダーの香りなんだけど……」

「サラッとシートとか、香りのするマスクはとっくに売られていますよ」

「そうなんですか」と香織が言うと、また、何かが閃いたようで、

「ちょっと待って、それをキーワードにして特許と実案（実用新案）を調べてみるから」

再びパソコンのキーをパチパチ叩いた。

「サラッとシートを使ったマスクはすでにありますね。残念。これです」

香織はパソコンの画面を二人に指示した。

「なるほど、そうですね。でもよくわかりますねぇ」

優介は何かのマジックでも見ているかのように目を丸くして画面に食い入っていた。

次に香織はマスクと香り、においを掛け合わせた発明情報を特許庁のデータベースから呼び出してくる。次々に示される特許や実用新案なのだが、優介に言わせるとどれもこれもたいした発明や技術ではなく、この程度だったら優介たちは以前に似たようなことを何度も試しているという。

「新たな発明や工夫となると、やはりもっと何か新味のある斬新な技術を付け加える必要がありますね」

香織は自分のアイデアがすべて出願されたものだとわかり、はーっとため息をついた。

優介は新たな発明なんて、やっぱり無理なのかなと思い始めた。

三人は押し黙るとしーんとした静寂が訪れた。

茂は憂鬱な沈黙を破るように口を開いた。

「確かにものすごい発明をするとなると、それは大変でしょう。でもね、さっき香織さんが言ったようにちょっとしたアイデアを組み合わせれば……」

「そうですよ。それに気が付くかどうかですよ。あきらめずに頑張りましょうよ」

香織は優介を励ましながら自分にも気合いを入れた。スリー・ワイで頑張っていた時の感覚を思い出しつつあった。

「それで、俺はどんなマスクを作ればいいんですか」

優介は二人に訊いた。

「じゃあ、こうしましょう。香織さんも聞いてください」

茂はプリンターの紙ホルダーからA４のコピー用紙を数枚取り出し、その一枚に表のようなものを書いた。縦のマス目にマスクの課題、問題点と書き、横のマス目にそれらの解決方法と記した。表の上にはタイトルとして、『新マスク開発マップ』と大書きした。

優介は茂が作った手書きの表を見ても何のことか、これからどうするのかさっぱりわからない。香織も首をひねっている。

茂は香織が話していたイチゴ大福論で思いついたと言い、この開発マップの使い方を説明した。

「現状のマスクの課題、問題点を右端の縦のマス目に書いていきます。例えば、さっき香織さんが言っていた汗のべたつきとか、においとかメガネの曇りとかです。

次に、これらの課題や問題点を上端の横のマス目に並べて記載し、それらを解決するための方法や技術をその下の横のマス目に埋めていきます。さっき言っていたサラッとシートを使う、香料を入れるなどです。

そうすると課題と解決方法が交わったマス目がそれぞれのマスクの課題と解決方法になっています。このマス目のマスクを調べる必要があります。そうすることで、現状のマスクの全体像が浮かび上がり、開発する方向性が見えてくると思います」

茂も話をしながら自分の考えをまとめていった。

おっ、おー、そういうことかと、優介は感嘆の声を上げた。

「香織さんは、それぞれのマス目の特許と実用新案を調べてほしいのです」

「でもすべてのマス目に特許があるとは限らないでしょう」

香織が当然の疑問を口にした。

「そう、まさしくその空欄が新しいマスクの開発すべきクロスポイント、ということです。そして、新たな特許が取れる可能性があります」

優介は特許が取れる可能性があると聞いて心を躍らせた。

「でも、一番重要なことは、それらのマスクが製造でき、ユーザーに使ってもらえるかどうかです。これは優介さんや丸福さんがこれまでに培ってきた技術と勘をうまく利用することだと思います」

優介は、自分の技術と勘が一番重要と言われ、ぶるっと武者震いする思いだった。

「狙い通りになるかどうかわかりません。現実はもっと複雑でうまくいかないことの方が多いと思いますが、やってみる価値はあると思います」

その後、茂は『新マスク開発マップ』のマス目を優介に質問しながら埋めていった。

それから二時間があっという間に過ぎ去り、表には空白の部分もあったが、

「思いつけばその時に書き足すことにして今日はこの辺にしておきましょう」

と言い、今できたマップを二部コピーし、一部を優介に、もう一部を香織に渡した。

「明日から香織さんは、マス目の技術調査をお願いします」

香織は、まかしといてとばかりに大きく頷いた。

「じゃあ、俺は何をすればいい」

優介は勢い込んで体を前に突き出してきた。

「優介さんは、これから出てくるアイデアで実際にマスクができるのか、工場でそのサンプルを作ってみてください」

「わかりました」

胸を叩き、闘志あふれる力強い返事だった。

「それからもう一つあります。重要なことです」

優介は神妙な顔つきになり、茂の言葉を待った。

「優介さんは、新しいマスクができたとして、そのマスクに名前を付けてください」

「名前……ですか？」

「新しく開発されたマスクにはそれぞれ固有の名前を付けることにします。そうすることで、今後の丸福マスクのブランドを市場に浸透させるのです。今回の製品は、実用新案の出願と同時に名前の商標登録もしておきたいのです。ですから魅力的でチャーミングな名前を考えてください」

香織はすぐさま茂の考えに賛成した。

「確かにかわいい名前だったら愛着がわくわ」

「マスクに名前。商標登録ですか……」

優介は今までマスクに名前を付けるという発想がなかったので、いまいちピンとこない。

「名前を考えるなんて、なんだか楽しそうじゃないですか。愛称みたいなものでもいいんでしょう。ねえ、せんせー」

「だったら、香織さんが考えてくださいよ。俺、そういうのセンスないから」

「あたしが考えていいんですかぁ。それなら……」

香織は上目使いになり、何やらブツブツ言いながら考え始めた。

「香織さんは特許の調査という重要な任務があるんだから、それを第一にお願いしますよ」

茂が釘を刺すと、

「わかってますよ。それよりせんせーはゴロゴロ寝てばかりいないで、ちゃんとお仕事してください」

「うむ、そうきましたか」

茂と香織は顔を見合わせると、茂は苦笑いし、香織はにっこりとほほ笑んだ。

優介は自分を無視した二人のやり取りに目を白黒させた。

「今日はここまでにして、二、三日してお互いの進捗状況を報告することにしましょう」

初めての打ち合わせはこうして終わった。


商店街の奥まったところに位置する留目特許事務所のあたりは、街灯が乏しく、薄暗い。シャッター通りは一段と寂しさを増している。ガラス戸を開けると事務所にこもっていた三人の熱気がぱーっと逃げていく。駅へと続く商店街を眺めると水銀灯の明かりが灯っているだけで閑散としており、ぽつんぽつんと人影が見えるだけだ。

優介は、「じゃあ、また来ます」と声をかけ、背を向け帰って行った。

すでに真夜中近くになっている。茂は香織を家まで送ることにした。駅とは反対方向だ。事務所を出た二人は、それぞれの思いを抱え、無言のまま歩いた。薄暗い街灯がほんのり灯る中、二人の足音だけが大きく響く。

香織の家は茂の事務所から踏切を渡って十数分歩いた、古い街並みの住宅街にある。

気詰まりな雰囲気に耐えかねて、「あのー」、と香織が先に声をかけた。

「あっ、はい」

「えーっと。そう、あまりお仕事ないみたいですが、事務所、やっていけるのですか」

香織はこんな質問をするつもりはなかったのに、思わず口から出た言葉がこれだった。

「わかりません。わたしも不安でいっぱいです。ご覧のとおりで、香織さんには満足していただける給料は出せません。ですから、いっぱいお休み取ってください」

「そんなに休んでいたら優介さんの調査もできませんよ。それでいいんですか」

「それは……」、と言ったきり茂は口をつぐんでしまった。

会話らしい会話にならず、二人は再び、気まずい空気を背負ったまま黙って歩いた。子供のころから物静かな二人だ。何かをしゃべろうとしても急にすらすら言葉が出てくるわけではない。もどかしい気持ちをずるずる引きずりながら歩いた。それでもお互いのことをほんの少しだが分かり合えたようで、二人の心にちょっぴり温かいものも感じていた。

香織の家の前までやってきた。門扉の内側に小さな庭があり、エゴノキと花水木が植わっていた。その先に玄関があり、橙色の門燈が灯っている。

「今日は本当にお疲れさまでした」

茂は言い終えると右手を差し出した。

「今後はパートナーとして協力してください」

咄嗟に口をついて出た。

——まだ。

事務所を持とうと思ったのも突発的だったし、今回もそうだ。茂の何かが変わりつつあるのだろうか。

香織はパートナーがどういう意味なのかよくわからなかった。しかし、差し出された右手にすっと自分の右手を重ね、握手した。

「おやすみなさい」

「お、おやすみなさい」

握っていた手をはなすと、茂は踵《きびす》を返した。

香織はすぐさま自分の部屋に入るとベッドの上に倒れ込んだ。気恥ずかしく、でも嬉しいような、そんな心地よさがじわじわと胸の奥に込み上げてくる。香織は胸の鼓動の高鳴りを感じながら眠りについた。

事務所に戻った茂は、カップ麺をズルズルすすりながら机の上の先ほど書いた空欄だらけの『新マスク開発マップ』を見ている。これからどうやって実用新案を仕上げるか、そのイメージを思い描こうと思っていたのだが、頭の中は真っ白のままで何にも浮かんでこない。やはり自分には技術のことはわからない。

少し時間をおいて落ち着いて考えよう。インスタントのドリップ珈琲を入れてほーっと一息つく。空白だらけの表に目をやると、そこには先ほど別れた香織のはにかんだ顔がぼんやり浮かび、右手には香織の柔らかい手の感触が蘇った。

茂は、わっと驚くと、急に心臓がドキドキし始めた。ひとつ大きく深呼吸をした。もう一つした。われに返って頭の中を整理する。技術のことは優介さんにまかせて、自分は特許や実用新案の出し方、出願戦略を考えよう。まだあやふやなものだが、一つの作戦が浮かんできた。このことが将来、特許抗争する決め手になるとは夢にも思っていなかった。

それは、のちに『知財コンプレックス』と呼ばれるものだった。

優介が持ってきたマスクを手に取りながら、開発マップに書いたマスクの問題点と解決手段の組み合わせをあれやこれやと考えていた。どれくらいそうしていただろうか、ふと顔を上げるとガラス戸からわずかにのぞく紺青色の夜空が白み始めている。疲れているはずなのに不思議と頭はすっきりしている。茂は久しぶりに充実感を味わいながら万年床に潜り込んだ。

ドンドン、ガタガタと響く音で目が覚めた。頭はぼんやりしている。薄目を開けると汚れた天井が見える。誰かが来ているようだ。さっと飛び起きたいのだが、腰が重くてだるい。膝に手をやり、ゆっくり起き上がる。よたよたしながら事務所に下り、ガラス戸のカギを開けた。

ガラガラ、ガタンと大きな音がして香織が目の前に飛び込んできてぶつかりそうになった。

「せんせー、大丈夫ですか。どうしたんですか。何度も呼んだんですよー」

香織は興奮しつつ、ぼーっとして眠そうな茂の顔を見ながら言った。

「ああ、すいません。寝てました。明け方近くまで考えていたんで」

「そうだったんですか。それで何かいい案、思いつきました」

香織は昨夜のことはなかったようにいつもの調子で尋ねた。

「いやぁー、それがそのぉー……。マスクの話はあとでします」

と言うと、茂は隣の居間にもそもそと戻って行った。

――ふ～ん、せんせーも徹夜するんだ。

香織は妙なところに感心すると、事務所の奥の炊事場に入り、インスタントのドリップ珈琲を淹れ、最近になりやっとなじんできた自分の机に座った。茂は一晩中考えていたと言うが、あの様子ではあまり期待できそうにない。自分のやれることをやろうと、パソコンの電源をオンにした。

それから一時間ほどして茂が居間から事務所に出てきた。

「わたしは佐藤先生からの依頼の仕事が残っていますので、それを先に片付けます。香織さんは昨日の続きの調査をお願いできますか」

「もうとっくにやってます。でも、この調査はどのレベルまでやればいいのですか」

「どのレベルって……？」

茂は本格的な調査はやったことがない。香織の言うレベルがピンとこない。

「完璧にやるのかそれとも……」

「今の段階で完璧なんて必要ありません。そうですね、この十年でどうでしょうか。大変でしたら五年でもいいです」

「十年でも五年でも、もっと長い二十年でも作業自体はそれほど変わりません。ただ、調査で出てくる資料がどんどん増えるだけで、それをチェックするのに時間がかかります」

「それならとりあえず、五年でお願いします」

茂と香織はそれぞれのパソコンに向かい、一人は手伝いの明細書作りに、一人は『新マスク開発マップ』表のマス目の情報調査に専念した。どのくらいの時間が経ったのだろうか、事務所のガラス戸がガラガラと開いた。そして、一人の男が入ってきた。

香織がパソコン画面を睨んだまま、「優介さん、今日は早いですね」と声をかけたが、返事が返ってこない。なんだか変だなと思い、パソコンから目を上げると、まったく見知らぬ男が眉間に皺を作り、険しい顔つきで立っていた。

きっちりとスーツを着こなした男はすらっと背が高く、しばらくの間じろじろと事務所の様子や、二人の身なりを嘗《な》め回すように見ていた。茂はチノパンにポロシャツ、香織はジーンズスカートに白のブラウスという普段着だ。

「ここは特許事務所ですか」

つっけんどんな言葉に息を飲む。

香織はムッとしたが、努めて冷静に対応した。

「……。ご、ご用件は何でしょうか」

「用事はない。ただ弟の優介が世話になっているようだから様子を見に来ただけだ。それにしても……」

男はその後の言葉を濁したが、言わずとも知れている。そして、続けた。

「優介が持ってきた特許の話はなかったことにして欲しい。よしんば特許を出すようなことになっても、わたしの知り合いの事務所にお願いすることになるからそのつもりで。これまでに費用がかかっているようなら請求してくれ」

「あなたは優介さんのお兄さんでしょうか」

「ああそうだ」

茂は突然の訪問者の身元を何とか聞き出すと、

「いえ……、費用は、ないです」

「当然そうだろうと思っていたがね」

男はそう冷たく言い終えると、くるりと背中を向け忙《せわ》しなく出て行った。

「なんですか、せんせー、あれ。腹が立たないんですか」

香織は頭から湯気を出さんばかりに怒っている。

「まあ、事実ですからねぇー。他の事務所を知っている人がここを見たら、心配になり、ああもいいたくなるでしょうね」

茂はみすぼらしい小さな事務所を眺め回し、小さなため息をつくと、ピリピリと腰に痛みが走った。

「さあ、今のことは忘れて、自分たちの仕事をしましょう」

香織の気持ちは収まらなかったが、あまりにも茂が平然としているので、「ええ、そうですね」と頷いた。

すると、茂はちょっと隣の部屋に行ってきますと言い残し、姿を消した。

居間に滑り込んだ茂は万年床に仰向けに寝転び、天井を見つめながら自問した。

——なんでこんなところで仕事を始めたんだろう。こうなることはある程度予想していたのに、面と向かって言われるとさすがにこたえる。本当に辛い。

目を瞑ると後悔という二文字が瞼の裏で明滅した。

その後しばらくの間、茂は事務室に戻ってこなかった。何をしているのか香織には見当がつかない。やる気があるのかないのか、つかみどころがない。少しは見直したところだったのに、やはりただの変わり者なのだろうか。昨夜の茂とは別人のように見える。

それから一時間ほど経っただろうか、ガラガラと扉を開けて男が入ってきた。

「まだ何か言いたいこと……。あっ、優介さん」

香織の声が裏返った。

そこにきょとんとした優介が立っていた。

「あのぉー、香織さん。せんせーは」

香織は振り向き、隣の居間を指差した。

茂は気分転換のためにストレッチをしている間に眠ってしまったらしい。優介の声が耳に届くと、隣の部屋からごそごそと出てきた。

茂は向かいの壁に掛けた鳩時計を見た。何故だか鳩時計だけは昔からそこにあるように妙になじんでいる。すでに日暮れに近い時間になっていた。

「あー、もうこんな時間になっていたとは……」

茂はどっと疲れが出たように、自分の椅子にドスンと腰掛けた。

「俺も仕事に集中すると時間を忘れて夢中になるときがありますが、お二人の仕事ぶりにはかないませんね」

優介は屈託のない笑顔を見せた。

茂は優介が何か勘違いしていると思ったが、隣の部屋で寝ていたことは黙っておくことにした。

その時鳩時計が、寝坊助ホッホー、寝坊助ホッホーと鳴いた。

茂はうっとなり、鳩時計を見上げた。

「仕事はこれくらいにして、近くの居酒屋に飲みに行きませんか」

優介は右手でジョッキを掴んだような形を作り、口元に運び、ゴクゴク飲む格好をした。

茂は拒む理由もなく、すぐにオッケーを出した。香織は少し迷ったが、気晴らしにもなるだろうと思い、行くことにした。

この事務所を立ち上げて初めての飲み会だ。そういえば、香織は歓迎会をしてもらっていないことを思い出した。早々に帰り仕度を済ませると三人は事務所を後にした。

優介に連れて行かれたのは商店街の中ほどにある、縄暖簾《なわのれん》をかけた居酒屋『兆治《ちょうじ》』だった。ここはしかめっ面した親父《おやじ》さんと愛想のいい女将《おかみ》さんの熟年夫婦がやっている店で、地元の人が集まるたまり場だ。優介は時々『兆治』に通っている馴染み客の一人のようだ。

優介を先頭に暖簾をくぐる。

「親父さん、とりあえず生《なま》三つと枝豆ね」

指を三本立てて、威勢よく声をかけた。

兆治にはすでに常連客がカウンター席を占領しており、ちびちびやっている。カウンター向かいの奥のテーブルが一つ空いていた。

女将が真っ白に霜のついた冷え冷えのジョッキと枝豆をテーブルに置くと、

「こちらのお嬢さんは、優ちゃんの彼女かい」、と冷やかす。

「ち、違いますよ。調査のせんせーです」

「せんせー？　これは失礼しました。でも、残念だねー、違うのかい。いいお嬢さんなのにねぇー」

そう言って女将は首をふりふり厨房の奥に消えた。

三人はジョッキを手にするとガチンと合わせた。

「お疲れさまー」

「おつかれさまです」

ゴクゴクとビールを喉へ流し込む。

フーっと一息つくと、

「香織さんは何を食べますか」

茂が遠慮がちに訊いた。

「あたし、おでん……」

「おでんあるの」優介が親父さんに聞くと、

「あるよ」素っ気ない声が返ってくる。

「大根とこんにゃく。それと、たまご。お願いします」

香織は首を伸ばすようにして、元気よく注文した。

予想外の大きな声に茂と優介は思わず香織を見た。香織はすっと首をすくめた。

場がなごんだところで優介が切り出した。

「新しいマスクを考えたんです。でもどうすればいいのか、正直なところさっぱりわからなくて……」

茂はそれには答えず、心配していることを口にした。

「ところで社長さんは特許のこと、何か言っていましたか」

「はあ、それが……」

優介の顔色がさっと変わり、持っていたビールをひと口ぐいっと煽《あお》ると、意を決するようにして言った。

「親父は、『特許は出さん。金もださん』の一点張りで……」

「そうでしたか」

「実は、先ほどお兄さんという方がお見えになり、同じようなことをおっしゃっていました」

「えっ、兄貴が来たんですか。なんか酷いこと言われなかったですか」

「ええ、まあ…」

香織はもぞもぞと何かを言いたそうにしていたが、茂は香織を目で制し、言葉を濁した。

茂は話題をマスクに戻した。

「わたしの方もいろいろ考えてみたのですが、これといったアイデアがなくて……。やはり素人では難しいです。つくづくそう思いました」

茂はすまなさそうに視線をテーブルに落とした。

ゴクンと喉を鳴らしてビールを飲み込んだ香織が、ジョッキをドスンとテーブルに置いた。

「二人とも元気出してください。あたしね、マスクの特許を調べてみて、ほんと、いろんな種類のマスクがあるのに驚いちゃいました」

「どんなのがあったの」茂が枝豆に手を伸ばしながら訊いた。

優介は興味津々《きょうみしんしん》でジョッキをテーブルに置いた。

「形がいろいろ工夫されていました。それ以外にもマスク補助具なんていうのもありました」

香織が特に印象に残ったマスクについて説明したが、優介は驚きもせず、「そんなの常識です」、と言い放った。さすがにマスクの専門家だけのことはある。

香織は、「でも、続きがあるんです」と言う。

「おじさん、ビールのお代わり」、ジョッキの取っ手を持ってクルクル振った。

「ここは先生のおごりですよね。歓迎会してもらってないですから」

香織は人が変わったようによく喋る。

「あっ、はい。そうでした」

香織はアルコールに強いのか、それともこれが素《す》の姿なのか、茂が戸惑っていると、優介は思わずぷっと吹き出した。

「この店は俺に任してください。おばちゃん、生、三つ追加ね」

「あいよ」威勢のいい女将の声が返ってくる。

香織はお代わりしたビールを美味そうにひと口含むと、唇に泡をつけ、続きを話した。

「開発マップの要素を掛け合わせたマス目のところの特許を調べてみました」

「それで、どうでしたか」

茂は答えを早く聞きたいと、顔を香織にぐっと向けた。

「前にも話したと思いますが、汗のべた付きとサラッとシートを組み合わせたものです」

優介は頷いた。

「マスクを装着して蒸《む》れを防止する方法として器具を使うものが二件ありました。サラッとシートだけで蒸れを防止するものはなかったです」

「それってどういうことなんですか。サラッとシートをつけたものなんてどこにでもありますよ」

と、優介は香織の調査結果に異を唱えた。

茂はその不思議な現象を想像してみた。

「考えられる理由として、サラッとシートをつけた商品は、周知のこととしてそのまま販売されたということじゃないでしょうか」

「それは丸福さんのマスクのときと同じように、特許を出さなかった、ということですか」

「同じかどうかわかりませんが、結果的にそういうことになりますね。そうだとしたらこの業界は、特許や実用新案をあまり出してこなかったということかもしれません」

「権利がないから、偽物や類似品が出やすい、ということですか？」

「そういうことも考えられますが、各メーカさんで思い思いのものを勝手に作っていたということではないでしょうか。マスク業界はこれが本物でどれが偽物ということをあまり主張してこなかったのかもしれません」

「だからうちの社長も特許を出すことに関心がなかったということか……」

優介もそれなら納得できると茂の意見に賛成した。

茂は香織に調査結果の続きを促した。

「マスクは風邪を引いたときやその予防、病原菌を撒き散らさないよう、逆に吸い込まないようにするために使いますよね。だから風邪や喘息の治療用として使えないかと探してみたんです」

優介と茂は香織の話を黙って聞いていた。香織は続ける。

「マスクにカリンのエキスや、喉をすっきりさせるハッカを含浸させたものがありました」

それから調査した特許や実用新案でいろいろ工夫されている事案を思い出しつつ次々に話した。

「それで、こんなのはどうでしょう」

香織はこれはという思い付きを口にした。

「マスクの内側にサラッとシートをつけて蒸れの防止をします。そして、マスクの中間層に保湿剤をつけたシートを縫い合わせるの。そうすると冬の夜なんかに、エアコンをつけて寝ても喉が痛くならないんじゃないかと思うんです。例えばですが、そういう機能を付けたマスクです」

香織は自信たっぷりに話す。

「ちょっと待って、香織さんの言っているのと同じかどうかわかりませんが、昔から似たようなものはすでにありますよ」

優介はさも当たり前だという顔をした。

「え～、そうなんですか。残念だわ」

香織は勢い込んでいた分、がっかりしたようで肩を落とした。

――いや、待てよ。他になんか手があるんじゃないか。

茂は頭の隅に閃くものがあった。

「今のは風邪引き用だから、使う時期は冬場がほとんどですよね。だったら、冬用だけじゃなく、春用とか、夏用とか、秋用なんていうのもあってもいいんじゃないかなぁ」

「なるほど、それいいかも。春だと花粉用マスクですね。夏はクールビズに習って、クールマスクなんてね」

香織は茂の案に乗ってきた。

しかし、優介は腑に落ちない様子で渋い顔をしている。

「フォーシーズン用として四種類必要がどうかはわかりませんが、男性用、女性用、それに子供用などもあればいいですよね」

茂はそれらのマスクが具体的にどのような形状になり、それが売り物になるか確信は持てなかったが、特許や実用新案を出願する戦略としてとても有効だと感じた。

「でもそれって、みんなこれまでにある普通のマスクですよ。俺たちが作ろうとしているマスクはもっと、なんというか、機能性の高いものにしないと意味がないでしょう」

優介は我慢できずに声を張り上げた。

「機能性の高いねー」

香織は腕を組み、上目使いに天井を睨んだ。

「インフルエンザに、エボラ出血熱など、ありとあらゆるウイルスをシャットアウトするマスクなんてどうかしら」

「ぼくはメガネが曇らないマスクがいいな」

茂は何故だかメガネにこだわっている。

「それならこんなのはどうかしら。装着するだけでダイエットができる、ダイエットマスク。こんなのがあったらきっとバカ売れよ」

「じゃあ、使用期限のわかるマスク。ダメになったら消えてなくなるとか」

茂と香織は顔を見合わせ、くすくす笑った。

「ああ、もう滅茶苦茶なことばかり言って、もっとまじめに考えてくださいよ。そんなありもしないマスクなんて……、できるわけないでしょう」

優介は憮然として、ぬるくなりかけたビールを無理やり喉の奥に流し込んだ。

茂と香織は悪乗りしすぎたかもとシュンとした。茂は事務所を開設してからこんなに大きな声を出して意見を言ったり、話し合ったりすることはなかった。いつも一人で仕事をし、合間にリハビリを兼ねてのストレッチの繰り返し。誰かと食事をしてお酒を飲むのは本当に久しぶりだった。

香織もまた同じだった。スリー・ワイを辞めてからは、お腹の底から笑ったことなどなかった。三人で一緒に飲み、しゃべるにつれてだんだん楽しくなってきた。

この雰囲気につられるように茂がポツリと呟いた。

「そのありもしない、できるわけがないマスクをいっそのこと作りませんか」

「はあー……、なに訳わかんないこと言ってんですか。できないものはできないんです」

優介は興奮気味にそう即答した。

「一人ひとりの要求に合わせたマスク。その人の顔にフィットしたマスクです」

「オーダーメイドのようなマスクってことですか」

香織が問い直した。

「まあ、そういうことになりますかね」

茂は曖昧《あいまい》に答える。

「オーダーメイドマスク？　そんなの売れるわけねぇーだろう。みんなドラッグストアでそれも安売りの日に買うんだぜ。第一、誰がオーダーすんですか。例え奇特な人がいたとして、何枚かは買ってくれるよ。それでおしまい。商売になるとは思えない。絶対にないから」

優介はこれまで社長や新一郎に散々こき下ろされ、憤懣《ふんまん》は腹の底に渦巻いている。溜まった鬱憤《うっぷん》を一気に晴らすように吐き出した。

——せんせーや香織さんは俺に何をしろと言っているんだ。訳がわかんないモノなんて作れるわけねぇーだろ。

香織は俯《うつむ》き、ブツブツ呟く優介をじっと見つめ、何か言いたそうにムズムズしている。それに気づいた優介は、

「何ですか、その目は。仮にですよ、オーダーメイドのマスクができたとしても、そんなの絶対に売れませんって。無理だって……」

ムキになって反論したが、声のトーンは徐々に落ちてきた。

「優介さん。このままでは会社が大変なことになるかもしれないんでしょ。もう迷っている時間はないですよ。ここは先手を打ちましょうよ」

優介は香織の積極的な発言を真剣な面持ちで聞いていた。そして、小さく頷くと口を開いた。

「わかりました」。ゆっくりとかみ締めるように言った。

「お二人がそこまで言うなら、そのオーダーメイドのマスクを作ってみますよ」

「そうよ、優介さん。やってみましょうよ。ためしに作ってみていろんな人の意見を訊くのよ。そうしたら、きっと何かが見つかるわよ」

香織はそう言い終えると、ジョッキに残ったビールを飲み干した。

「そうと決まれば香織さんはもう一度、オーダーメイドした機能性マスクの出願状況を調査してください。わたしは実案の作成にかかります」

「じゃあ、俺はマスクを作る準備をすればいいのかなぁ」

優介は小さな声で訊くと、茂と香織は大きく首を縦に振った。

優介は不安げに、

「オーダーメイドのマスクなんて本当に売れるのかなぁ」

再びブツブツと呟いた。

「そこなんだよね。どうやって売ればいいんだろうか」

茂も首を捻った。物を売ったことのない茂には、雲をつかむような話だ。

「せんせー、なに言ってるんですか。今さら……」

そうは言ったものの香織も同じだ。これはというアイデアがあるわけではない。
優介はじっと天井の一点を睨んでいた。
——このまま手をこまねいていたら、近い将来、丸福は間違いなくおかしくなる。
優介はここは踏ん張りどころだと、自分に言い聞かせ、気を引き締めた。
三人はそれぞれの思いを胸に夜が更けるまで酒を酌み交わした。

せんせー、辞めさせてください

翌朝、茂は事務所のガラス戸をガタガタ叩く音で目を覚ました。

「ふぁ〜い。ちょっと待ってくださ〜い」

事務室に続く居間兼寝室の六畳間から声をかけた。

目覚まし時計を見ると八時を過ぎたところだ。こんなに早くいったい誰だろう。昨夜は居酒屋『兆治』で大いに盛り上がり、ビールからお酒に変わったところまでは覚えているが、その後の記憶が飛んでいる。くらくらする頭を振りながら、鍵を開けた。

そこには真っ赤に目をはらし、硬い表情をした香織が立っていた。

「どうしたんですか、こんなに早く」

ふわー、と欠伸《あくび》が出た。

「とっくに八時を過ぎています」

香織は茂の顔の前に腕をぬっと伸ばし、鳩時計を指さした。

茂はボサボサ頭をかきながら振り向き、鳩時計を見た。

鳩が心配そうな顔をして茂を見ている。

――まさかそんなバカな。

茂は頭を振ってもう一度見た。

――あー、大丈夫だ。

鳩は正面を向いていた。

「でも事務所は十時からですよ」

「わかってます。ですから少し早く来ました」

香織の言っている意味がわからない。とにかく茂は香織を事務所に招き入れた。香織の顔がこわばり、眉がつりあがっている。

いきなりだった。

「せんせー、辞めさせてください」

香織は茂を恨みがましく睨んでいる。

茂は香織の切羽詰まった様子に圧倒され、口をあんぐりさせたまま動けない。状況が飲みこめないまま、寝ぼけた頭が一気に覚醒した。

「辞めるって、どういうことですか。昨日はあんなに楽しそうに……」

「はあー。覚えてないんですか」

茂はなぜ香織がすごい剣幕で怒っているのか、まったく心当たりがない。

「昨日の話って、優介さんとの話ですよね。最初はどうなることかと思いましたけど、香織さんのおかげで盛り上がりましたよねー。それが何か気に障りましたか」

「ええ、ああいうの堪《た》えられないんです」

「堪えられない……？」茂は小声で反芻《はんすう》する。

「正直、せんせーのやり方についていけません」

「……？？」

「だってそうでしょう。せんせーは優介さんや丸福さんのこと、どこまでわかっているんですか。何にも知らないんですよ」

「え、えー……。そうですが……」

香織が何を言いたいのか、いまだにちんぷんかんぷんだ。

「あたしたちの仕事って、お客様が何を望んでいるのか、どうしてほしいのかを訊き、適切なアドバイスとともに手助けをすることですよね」

「わたしもそのつもりですけど……」

「せんせーは、なんにもわかっていません」

香織が何に腹を立てているのか、ますますわからない。茂を罵《のの》り続けた。そして、とうとう目に涙をためながら訴えた。

「せんせーは優介さんのことをどう考えているのですか。そりゃあ、お金も大事ですよ。でも……、あたしはお客様に寄り添った、お客様第一の仕事がしたいんです。せんせーもそういう人だと思っていました。それなのに、せんせーは……」

茂は香織の言いたいことがぼんやりとわかってきた。

「香織さん、待ってください。実は昨日のことはよく覚えてなくて、あれからわたし、何か言いました？」

「本当に覚えていないんですか。せんせーは特許だ、実用新案だ、商標だ、意匠だと大きな声を張り上げていました。前の事務所ではどこかの大会社の特許を書き、月に何百万円も稼ぎ、佐藤先生からも嘱望されていた、とかなんとか延々と自慢話をしていました。そんなの誰も聞いてないのにですよ。それだけならまだ我慢できました。それから優介さんの会社を中小企業だと見下し、あとはお金の話ばかり。挙句の果てに優介さんに恩着せがましく、本来の料金より負けてやると威張ってました」

「ええ……、そんな酷いこと……。それは許せなくて当然です。面目ないです」

茂は恥ずかしさのあまり、身を小さく二つに折った。

茂は弁理士の仕事に対する疑問と迷い、さらに腰痛も重なり、この下町に特許事務所を開いた。だから今までのような東京の一等地に構えた大事務所とは、その仕事のやり方も考え方も根本的に変えなければならないと、頭では理解していたつもりなのに、心の片隅で過去の栄光がちらついていたのかもしれないと反省した。もっともっとクライアントに寄り添った仕事のやり方にしなければいけないのに。これまでに溜まっていた鬱憤が爆発したのかもしれない。

これまでの茂は、決して深酔いをするようなタイプではなかった。それが昨夜は自分を見失うほど泥酔したようだった。香織に罵声を浴びせられ、目が覚めた。自己嫌悪に陥り、うなだれた。

そして、頭を上げると、

「昨夜は飲みすぎたようです。すいません」

再び頭を下げた。

香織も言いたいことを、吐き出すと気分がスーッと落ち着いてきた。こんな大きな声を出して怒ったことって、今までにあっただろうか。あたしの中にこんな激しい自分がいただなんて、不思議な気がした。それだけ茂を信頼し、心の扉を開こうとしていたからかもしれない。

茂はうなだれたまま、まだ頭を下げ続けている。後ろ髪が妙に跳ねている。香織はおかしくなり、ふふふと小さな声を漏らした。

「せんせー、わかりました。もういいですよ。あたしも少し言いすぎました」

茂は顔を上げ、香織の怒りがおさまるのを見てほっとした。

香織は、はーっと息をつくと、

「せんせー、珈琲飲みましょう。美味しいの淹れてきま～す」

香織はいそいそと事務所の奥の台所に向かった。

茂は扉の外に一歩出て、きりりと晴れ渡った空に向かって、うーんと大きな伸びをした。腰にも足にも痛みは感じなかった。茂は両手を腰にあて、青空を見る。すると、奥の部屋から珈琲の香りが漂ってきた。香織は事務所を辞めることをとどまってくれたのだろうか、気になるのだが。いつの間にか香織の存在が大きくなりつつあるようだった。

事務所の中から香織の声が聞こえてきた。

「この後で優介さんにお願いして、丸福の工場へ見学に行きませんか。現場を見れば何か思いつくかもしれません」

茂の気持ちを知ってか知らずか、いつもの香織の声に戻っている。今日も騒々しい一日が始まろうとしている。今までの茂は周りの人たちとは常に一線を画し、自分の殻に閉じこもるタイプだった。それでも問題なく仕事をこなすことができていた。自分もそれでいいと思っていた。

しかし、この町では通用しない。ここでやっていくためにはこれまでの自分を変えなければならないし、変えるチャンスかもしれないと改めて思い直した。茂はこの町で、もう少し頑張ってみようと気を引き締めた。もう一度大きく背伸びをすると、右腰にピクリとした痛みが走った。腰痛との戦いはまだまだ続くようだ。

さーて、丸福マスクの件はどうすればいいのだろうか。

社長は、特許は役に立たないと思い込んでいる。社長を説得しなければならないが、そう簡単にはいかないだろう。だが、どうしたらいいのかわからない。口下手《くちべた》な自分にそんなことができるのだろうか。仮にうまく説得でき、一、二件の実案や商標が出せたとしても、その商品が売れるかどうかは別の話だ。売れなきゃ、金だけとりやがってぇ――、と非難されるに決まっている。大企業とは違うのだ。もっと切羽詰まった状況にある。儲けにならないモノは、特許といえども必要を認めない。もっとはっきりと目に見える形を示さない限り、お金をかけることはないのだ。

模倣品や類似品の販売を阻止するためには、さらに複数の特許や実用新案を出願する必要があるかもしれない。そうしたら、さらに費用が嵩む。それに、優介さん以外に新マスクを開発する人材と資金が丸福にあるのだろうか。

多額の出願費用を最小限に抑え、その代金も無理なく回収することも必要だ。果たしてそんなうまい手があるのだろうか。難問が山積みだ。

隣の部屋から珈琲のいい香りに乗って、香織の「珈琲が入りましたよー」の元気のいい声が聞こえてきた。

謀議

新一郎は勤め先の銀行からひと駅離れたホテルのラウンジにいた。高層階のラウンジから東京駅が見下ろせ、その先には勤め先のビルを望むことができる。ほんの十分ほどだというのにその距離すら歩いたことがない。近頃、腹回りのぷよぷよし始めた贅肉が気になっているのだが。

それは、三日前だった。銀行のデスクにまったく予期しない電話がかかってきた。

「丸福マスクさんにとって大変重要な情報があります。お聞きになりたいとお思いになりませんか」

不審な電話の相手は、こう告げた。

「どういったことですか」

「詳しいことはお会いしたときに。ただ、丸福さんの存立にかかわることだとお考えください」

新一郎は怪訝《けげん》な思いもあったが、丸福の存立という言葉に条件反射的に頷いていた。新一郎は銀行では融資課に所属し、本店の課長になって三年になる。景気が後退する中で、多くの中小企業から資金回収を時には強引な方法で行い、その後倒産した企業をいくつも見てきた。だからこそ実家の状況が想像できる。

新一郎はこれまでエリートコースを突き進んできた、と自負している。次期部長候補との噂も耳にするようになった。当然、期待し、心待ちにする気持ちもある。

不審な相手は新一郎のそのような状況を知っているのだろうか、詳しい話の内容は電話では話せないというのだ。今日、その男とこのラウンジで会うことになっている。

新一郎は約束の時刻を腕時計で確認し、目を上げるとパリッとしたスーツを着こなした満面笑顔の男が近づいてきた。

「大手前銀行融資課の福田新一郎様、いや今日は丸福マスクさんの次期社長とお呼びしましょうか」

男は片頬を上げ、嫌みな笑顔を作ると名刺を取り出した。

「わたしは日本と中国の技術交流を推進する会社を経営しています」

確かに、名刺には代表取締役社長、坂根馨吾《さかねけいご》と書かれている。新一郎は名刺と坂根と名乗る男の顔を見比べた。

——この男に見覚えはない。いったい俺に何の用だ。丸福とどういう関係があるのだ。

新一郎は訝しく男を見つめた。

坂根は優秀な営業マンのごとく、笑みを絶やすことはなかった。

「福田さんにご紹介したい人がいるのです」

と言うと、新一郎の肩越しに後ろを指さした。

新一郎が振り返ると、細身の体に沿うように真っ白なスカートに淡いピンクのドレスシャツ。その上に深いグリーンのジャケットを身につけた女性が、少し首を傾げて立っていた。ロングヘアを波巻きにアップし、その髪には真紅の珊瑚が玉簪《かんざし》のように刺されていた。年齢は二十代後半、いやそんなことはない。三十代だろうか、それとも四十代か、新一郎にはなんとも判断しかねる謎の女だった。

「初めまして。わたくし、楊雪花《ヤンチェファ》といいます。中国に日本の優秀な技術を紹介するビジネスをやっています」

そう自己紹介すると金色のカードケースから一枚の名刺を取り出すと慣れた手つきですっと手渡し、細いしなやかな手を差し出し握手を求めた。

新一郎は楊雪花と名乗る女性に一瞬だったとはいえ、その整った顔立ちに目を奪われてしまった。それほどビジネスとは縁遠い世界の女性のように見えたのだ。新一郎は細くて長い指、きめ細かな肌をした右手をかろうじて握り返した。儀礼的なあいさつを交わしながら名刺を斜め見た。美しい楊の顔写真が載っている。楊の肩書は中日技術交流公司の董事長兼総経理となっていた。

「楊さんはわたしにどのようなご用件でしょうか」

新一郎は楊の意図がつかめずにいた。

「それは先ず、わたしからお話ししましょう」

坂根が一つのマスクを無造作に取り出し、テーブルの上に置いた。それは、丸福の新発売したマスクだった。

「楊さんは中国でマスクの製造会社を立ち上げたいと計画しています。それで、優秀な技術をお持ちの丸福マスクさんのような工場を中国に作りたいと考えています。しかし、一から工場を作るとなるとご存知のようにとても大変です。中国人はせっかちですからね。すぐにマスクを作って商売を始めたい。それで丸福マスクさんの工場をそのままそっくり中国へ持って行きたいと言っています」

坂根は楊の顔をチラチラ見ながらそう説明した。

新一郎は坂根の言葉の意図をつかみかね、眉根を寄せた。

さらに坂根は続ける。

「普通のマスクは、中国で大量に製造されています。ご存知のように日本にもたくさん輸出されています。しかし、今の中国人は中国製品を信用しません。特に、食料品や衛生商品はね。本当に衛生的で安心して装着できる性能のいいマスクを望んでいます。それで丸福さんの技術と工場が欲しいのです」

「何をバカなことを言っているのですか。丸福マスクは父と弟がしっかり経営していますよ」

新一郎は、ついカッとなって語気を荒げた。

「それにわたしは工場とは何の関係もありません」

「それはどうでしょうか。丸福さんのマスクはあまり売れてないようですよ。近いうちに大変なことにならなければいいのですが……」

坂根は持って回った嫌みな言い方をする。

「新一郎さんは優秀な銀行マンで、融資課の課長さんじゃないですか。いずれの中小企業さんも大変なのはすでにご存じのはずでは。まあ、丸福さんも例外ではないということですよ。どうして新一郎さんが丸福さんの経営に携《たずさ》わらなかったのですか。そうすれば、また違ったでしょうに」

坂根はさも残念そうに言うが、顔はにやけたままだった。

新一郎はぐっと息をのみ、何も言い返すことができなかった。何も反論できないそういう自分もふがいないが、まったくの赤の他人に、それも坂根のような人物に指摘されるなんて、それ以上に気分が悪い。それにしても、丸福の経営がひっ迫しているなんて思いもしなかった。確かに模倣品が出回り売り上げが落ちていることは母親から聞いていたが、そこまで危機に瀕しているとは……。この男の言っていることは本当なのだろうか。テーブルに並べた名刺を再度見直した。

これまで黙って様子を見ていた楊が、初めて口を開いた。

「丸福さん。いえ、新一郎さんってお呼びしてもよろしいでしょうか」

流暢《りゅうちょう》に日本語を話す楊は、柔らかい笑顔を新一郎に向ける。

新一郎はその妖艶さにゾクリと身震いし、嫌とも言えず、黙って頷いた。そして、楊雪花は続けた。

「突然、このような話を聞かされても信じることはできない。よくわかりますね。それは当たり前です。一度、新一郎さんの目で丸福さんの内情を調べてみてください」

雪花はいったんここで言葉を切り、改めて新一郎の顔を見た。

「新一郎さん、よく考えてみてください。日本のような原料や人件費の高い国でマスクを作り続けるなんて、もう無理なのではないですか。今ならタイミングがとてもいいです。丸福マスクさんの工場と設備をわたくし、高く買います。跡地はマンションを建て、経営されれば、丸福のみなさん、ハッピー・リタイアメントですね。うらやましいです。わたくしはまだまだ働かなければなりません」

雪花は両手を広げ、さも辛そうに顔を曇らせた。

いきなり工場を売却し、マンション経営しろと自分が考えていたことを雪花に図星にされ、新一郎は面食らった。

新一郎は以前より工場を閉鎖し、マンションを経営した方が良いと密かに考え、先日それを父にせまっていた。それを見透かされたような気がして、薄気味悪さを感じたのだ。そして、雪花はいったい何を考えているのか、その美しい横顔からはうかがい知ることができなかった。

それに、と言って、坂根が辺りを静かに見回し、新一郎の方に体を倒すと声を潜めた。柑橘系のオーデコロンの強いにおいがした。

「新一郎さんには何やら融資でのトラブルで、お困りのお金があるようですね。それに次の人事で、部長さんになられるそうじゃないですか。それが元で、ご出世に差し障らなければいいですがね」

「坂根さん。その言い方は新一郎さんに失礼と言うものでしょう。あくまでも今回はビジネスのお話です」

雪花は赤い唇に薄い笑いを浮かべた。

「もちろん、そうですとも。新一郎さん。先ずは丸福さんの経営の実態をご自身の目で確かめてください。それからもう一度わたしたちと会ってください。ご損は決してないと存じます」

坂根がそう言い終えると、雪花はもう話は終わったと、しなやかな腰をすっと伸ばし立ち上がった。坂根も楊に従う執事のように立ち上がると、何かを思い出したかのように腰をかがめると、新一郎の耳に囁いた。

「工場の売却を進めていただけるならお困りの一千万と、さらに五百万円のボーナスを準備させていただくと楊は申しております」

その間、雪花は立ったまま新一郎を見つめていた。

――こ、こいつら俺のことを何だと思っているんだ。

新一郎はそう思ったと同時に、心臓をグッと鷲づかみにされたような痛みを感じていた。

雪花と坂根は話し終えると、呆然と佇む新一郎を一人残し、悠然と最上階のラウンジを後にした。

その日の夕刻。新一郎は仲間内の情報交換会と称する飲み会を急遽キャンセルして実家の丸福マスクに来ていた。工場の事務所に入るなり、優介に三年分の会計帳簿を持ってくるようにいいつけると小さな会議室にこもった。

夜もふけたころ、眉間に深い皺を作った新一郎が帳簿の束を抱え会議室から出てきた。

「優介、ちょっと来い」と告げると、二人して社長室に向かった。

「親父、帳簿を見せてもらったよ。この工場を潰すつもりですか」

新一郎は帳簿を社長のデスクにたたきつけ、今にも噛み付きそうな勢いで言った。

新造は普段と変わらないしかめっ面をして座っていたが、興奮している新一郎をじろりと睨み上げると、

「このまま、今までどおりにやっていくつもりだ。家を出たお前にとやかく言われるおぼえはない」

「そうだよ。家を継ぐのを嫌がった兄貴に関係ないだろう」

優介は頬を震わせ、突然の新一郎の言いように怒りをあらわにした。

「このままの状況が続けば、丸福は間違いなく潰れる。優介はそれをわかってて言っているん

だろうな」

「工場が潰れるって、それ、どういうことだよ」

優介も丸福の経営が思わしくないことは承知している。だから、新しいマスクの開発を急いでいるのだ。しかし、工場が潰れるまで酷い状況とは思ってもいなかった。

「お前、本当に知らないのか。会社は一年前から赤字が続き、この半年は酷い数字が並んでいる。キャッシュフローが悪すぎる。もってもあと一年、いや最悪の場合は半年じゃないか」

「社長、兄貴の言っていることは嘘だろう。本当じゃないよな」

優介はすがる思いで父を見た。

新造は椅子の背もたれに背中を預け、焦点の定まらない目で虚空を眺めた。そして、父親の顔に戻ると、ぽつりと言った。

「すまないな。無心にマスクを作るお前を見ていると言いだせなかった。昔の俺を見ているようで……。いつか言わなければと思っていたのだ」

「それが今日だというのか。今さら訳のわかんないこと言うんじゃねぇよ……」

「嫌がるお前に無理やり工場を手伝わせてすまなかったな。正直、いまの丸福はいつ潰れても不思議ではないところまで追い詰められている。新一郎もそういうのだから間違いないだろう」

優介は愕然とした。早ければ半年で潰れるなんて思ってもみなかった。あまりのショックで言葉が出ない。経営を改善するため、工場を活気づけるために新しいマスクの開発を連日夜遅くまで取り組んでいた。そのためにもせんせーや香織さんに相談に乗ってもらっている。茂のいう特許戦略がうまくいき、商売と奏功したら、丸福は必ずや復活することができる。そう信じたからこそ頑張ってきたのだ。それなのに、足元の地盤が崩れるような、そんな恐怖を感じた。丸福の復活を諦めろと言うのか。そんなこと、とてもじゃないが承服できない。

――俺ひとりになってもやってやる。

優介は奥歯にぐっと力を入れ、こぶしを握った。

「兄貴には丸福が潰れようとどうなろうと関係ねぇーだろ。これ以上の口出しはやめてくれ」

「何をバカなことを。お前一人で何ができるというんだ。これは家族や丸福の従業員の生活と将来がかかっているんだぞ」

優介はみんなで頑張っていればいずれよくなるだろう、と漠然と考えていた。兄貴に家族のことはともかく、従業員の生活や将来のことを言われると返す言葉がない。

たじたじとなった優介に新一郎は畳み掛ける。

「最新鋭の機械装置が揃った丸福なら、今だったら買い手はつくだろう。潰れちまったら元も子もなくなる。だから、売った金で借金を返し、残った金でここにマンションを建てることだってできる。なんだったらバイヤーを探し、俺の銀行から融資を持ちかけてもいい」

「バ、バイヤーだの、マンションだのって、何の話だ」

そんな話まで兄貴のところにきているのだろうか。それともその場しのぎのでまかせを言っているのだろうか。

「マンションの話は、今はどうでもいい。とにかく経営の危機なんだ。この状況を何とかしなくては取り返しのつかないことになるぞ。親父もそう思うだろう」

新造はしかめっ面をしたまま何も言い返そうとしない。いや、言い返せないのかもしれない。魂を抜かれた猫のように背中を丸めている。大きな体だった父がひと回りもふた回りも小さくなったように見える。

「これ以上の借金を増やすより、早めに工場を整理することを考えた方がいい。日本で、ましてや東京の近郊でマスクを作ろうなんて、もう無理なんだよ。事業には潮時というものがある。やめることは、何ら後ろめたいことじゃない。正々堂々としていればいいんだ」

「工場を閉じたら、従業員やパートの人たちはどうなるんだ」

優介は、答えのわかりきった質問を投げかけた。

新一郎は、「それは……」と言ったきり、その先は口をつぐんだ。

「……。とにかく、よく考えてください。それで結論を出してください、お父さん。ぐずぐずしている時間はありませんからね」

新一郎はそういい終えると、首を振りつつ帰っていった。

新一郎は新一郎なりに父親や従業員のこと、将来のことを思いやり考えてくれているのだ。兄貴の言うことは一つ一つが的を得ている。正直、ぐうの音も出ない。銀行の融資課で多くの事例を知っているのだろう。でも、それで本当にいいのか？　日本ではもうマスクは作れないのか？　作っちゃいけないのか？　丸福マスクは時代の遺物になってしまったのか……？さっき、新しいマスクを作ると約束したばかりだというのに。

優介は丸福マスクの今後のことを考えると夕飯も喉を通らないほどだった。

そして、その夜、優介は夢を見た。粗末な服をまとった旅人が、崖っぷちを前にして呆然と立ち尽くしていた。目の前は真っ暗で、一寸先すら見えない。これから先、どちらを向いて進めばいいのか、恐ろしいほどの不安が込み上げてくる。

その時、いきなり誰かに背中を押された。

「やめろっ！」、と叫びながら後ろを振り返ると兄とうり二つの男が、わっははは、とあざ笑っていた。

蒼白な顔をした自分が、真っ暗な谷底に吸い込まれてゆく。

うわっと叫び、飛び起きた。噴き出た汗で体中がぐっしょりと濡れていた。

決心

「せんせー、珈琲が入りました。せんせー、はやくー。冷めますよー」

茂は難しい顔をして、机の上の白い紙を睨んでいた。冷めますよーの声でやっと顔を上げた。

「ああ……」

「ああ、じゃありませんよ。さっきから何を考え込んでいるんですか。昨日の優介さんの件ですか」

「そうなんだ。特許や商標を出すにしてもその効果的な明細書はどういったものなのか、出願方法はどうしたらいいのか。効果があって、しかも安く済む方法はないものかと考えていたんだ」

「う〜ん、難しいですね。何かヒントでもあればいいのでしょうけど。それに、社長さんがねー……」

香織はその後の言葉を濁した。

「せんせー。この後で丸福さんへ行って見ましょうよ。この前、言ってたでしょう。現場を見れば何か思い浮かぶはずですよ。現場百回と言うじゃないですか」

「それ、推理小説の刑事の常套句でしょう」

「ふふふ、ばれましたか」

「殺人事件じゃないんだからね。それに工場の機械を見たって、わたしにはさっぱりわかりませんから」

マスクのことは何にも知らない茂には二の足が踏まれるところだ。思い悩みながら香織の淹れた珈琲をズズッと啜った。

——美味いなぁ、この珈琲。自分が淹れる珈琲の豆とおんなじはずなんだけど。

「じゃあ、あたし一人だけでも行ってきます。とりあえず、優介さんに会ってきます」

どうせ暇なんだしと言いたいところだが、ぐっと我慢した。

茂は珈琲をきれいに飲み干すと、ふーっと息を吐いた。

「さてと、手伝いの仕事は目途がついたことだし、どんな会社か見るのも悪くないか」

と、言って立ち上がった。

——機械を見てもわからないと言っていても始まらない。本当の技術や開発者の気持ちを知るためには、香織が言うように現場に行って、自分の目で確かめなければダメだ。納得するまで何度でも足を運んで理解するのだ。

丸福マスクへは、茂の唯一の乗り物であるミニベロで出かけることにした。香織も事務所への通勤用のママチャリに跨り、二人でちょっとしたサイクリングになった。

事務所を出た二人は商店街を駅の方に向かい、駅前の道を左に曲がり、中小企業団地へとペダルを進める。幾つかの通りを行きつ戻りつしていると、電信柱の上の方に縦長の看板が取り付けられているのが目に入った。丸福マスクはこの先百五十メートルと記されている。

コンクリート製の素っ気ない門に『有限会社　丸福マスク製作所』と金属のプレートがはめられている。軽量鉄骨製のプレハブの事務所の脇にある自転車置き場で降りた。

ドアを開け、正面受付に座っていたおばちゃんに開発部長の優介さんを呼び出してもらう。しばらくして、真っ白なつなぎのような服を着た優介が硬い表情で現れた。

「せんせー、香織さん。マスクはまだできてませんけど……」

「特許や実案の出し方を考えているのですが、残念ながらいい方法がわかりません」

「お互い行き詰っているということですか」

「もっとマスクのことが知りたくて、マスクの製造現場を拝見させていただきたいと思ったのです。お忙しいところご迷惑かと思いますが、ご案内いただけないでしょうか」

茂は今までにない勇気を振り絞って頭を下げた。

茂はこれまでにクライアントの工場や研究所に出かけるということはなかった。ほとんどすべての場合、研究者や開発者が佐藤・木村特許事務を訪ねてこられ、依頼を引き受けるだけでよかった。その後、豪華な会議室で打ち合わせをしていたのだ。だから製造現場に出かけた経験がなく、緊張していた。

香織ももちろん同様で、茂の隣で「よろしくお願いします」、と低頭した。

優介はそんな二人の様子を見て、新一郎が企業秘密を漏らす気か、と罵る声が脳裏によみがえり迷っていたが、「まあ、少しの時間でしたら」と、マスクの製造現場を案内することにした。

工場に入る前に、優介から白い帽子とマスクを渡され、靴は脱いでスリッパに履き替えるよう指示された。マスク工場内を塵埃のない、無菌状態に保つためだ。さらに、工場内に入るための入り口は二重扉になっており、扉と扉の間で衣服についたゴミを除くために強烈な風を全身に吹き付けられた。その処置後もう一方の扉を開けてやっと工場内に入ることができた。

優介は、原料から製品ができるまでの工程の順を追いながら説明した。最初に案内されたところは、原料の不織布の貯蔵所だった。床の上にいくつもプラスチック製のパレットが整然と並べられ、その上に巻き取られたロール状の不織布が置かれていた。不織布のラベルにＢＦＥ

９９．９パーセント以上と記されている。
「このＢＦＥというのはなんですか」

茂が尋ねた。

「それは、バクテリアろ過効率といわれるもので、マスクの材料としては最高級の品質の不織布です。

丸福の工場はすべてのマスクにこの不織布を使っています」

優介は小さく胸を張った。

優介はなんだかんだと言っても、やはりマスク作りが好きなのだろう。説明するうちに自然と口が滑らかになってきた。

不織布の裁断工程、縫製工程を順に説明する。茂と香織は学校の先生に引率される生徒のように後ろをついて行く。

そして、ノーズピースの縫い付け工程、最後にゴム紐を溶着してマスクが完成した。

その後、袋詰め工程を経て梱包、出荷される。

「以上ですが、つまんないもんでしょう」

優介は自嘲気味に笑い、説明を終えた。

「いや、そんなことはないです。初めて見るものばかりで、興味深いです」

「あたしもマスクがこんなふうにしてできるなんて、面白かったです」

香織は興奮気味に言う。

優介は暗い表情で話を続けた。

「ノーズピースに使っているこのプラスチックも、耳にかけるゴム紐もみんなこの町で作られたものです。一つ一つはどれも優れものなんです。どこに出しても引けは取りません。でも……」

優介はそのあとの言葉につかえてしまった。外国から安い製品が入ってきて、この町の中小企業はいずこも苦戦しているのだ。いや、日本中の中小企業が抱える問題であり、経営者や技術者たちが悩み、苦しみ喘《あえ》いでいるのが現実だ。

「このままだとあと数年で多くの工場がこの町から姿を消しますよ。うちだって……」

優介は最後の言葉を濁したが。顔に悔しさがにじみ出ている。それだけで丸福マスクの現状は十分に推測された。だからこそ新しいマスクを作り、それを特許で守ろうとしているのだが、今はまったく思うようになっていない。

三人はマスク工場を出て、応接室に戻った。

「疲れたでしょう。お茶でも入れましょう」優介は部屋を後にした。

「せんせー。マスクって、あんなに簡単にできちゃうんですね」

「そうですね、簡単かどうかはわかりませんが、わたしも正直、驚きました」

しばらくして、白髪まじりの七十近くに見える老人と、お盆にお茶を乗せ、優介が入ってきた。お茶をテーブルに置くと、

「社長の福田です」

と、茂と香織に紹介した。

「話は優介から聞いています。工場を見てきたそうですね。いかがでしたか」

「すごく衛生的で最高品質のマスクが製造されているのがよくわかりました。それにマスクができていくスピードにとても驚きました」

そうですか、と新造は表情を変えることなく頷いた。

「ところで、弁理士先生がわざわざこんな下町のちっぽけな工場に来られるなんて、どういう風の吹き回しでしょうかな」

茂が返事に窮していると、香織が話に割り込んだ。

「先日、優介さんがマスクの特許を出したいと相談に来られて。それで工場見学をさせてもらっ

たのです」

香織は社長の横顔をちらちら見ながら言った。

「こんなちっぽけな工場だけど、企業秘密というものもあるのでね。本来なら外部の人には入ってもらいたくない」

そこまで言うと優介を睨んだ。そして、新造は厳しい言葉を茂に投げかけた。

「それと、最初にはっきりと申し上げておきますが、特許を出す気はない。お茶を飲んだら引き取ってもらいたい」

頭ごなしに断りを入れる。そして、何かを思い出したのか、

「先生方は特許を取れ取れと言うが、いったい何の役に立つんですか？　わしらのような仕事には必要のないものだ。あんたらを儲けさせるだけじゃないか」

新造はそこまで言うと、視線を応接室の窓際に備えてあるショーケースに向けた。

「そこのマスクだって、特許を取ったよ。でも、時代遅れになったり、安い模倣品が出てきて売れなくなったものばかりだ」

新造はショーケースに並べられた商品サンプルに目をやりながら苦言を呈した。新造の額にある深い皺の一本一本にその無念さが刻み込まれているのだろう。

「だからそんなことにならないように俺たちが頑張っているんじゃないか。俺はこの工場でマスクを作り続けるから」

優介は自分をも鼓舞するように言った。

「特許、特許っていうけど、特許が会社を救ってくれるとでも思っているのか」

新造は浴びせかけるように言った。

茂と香織は顔を見合わせたが、社長の悪態を跳ね返すセリフが見つからない。うっと息をつめた。

「正直に言うけど、今のうちの工場にあんたに払える金がないんだよ。特許に回す金があるくらいならこんなに困ってなんかない」

「費用のことは何とか考えてみます」

茂は咄嗟のことで、思ってもいなかったことをまたもや口走っていた。

「ただでやるとでも言うのかね。あんただって慈善事業じゃないだろう。そんなきれい事を軽々しく口にするもんじゃない。だから信用できないんだよ」

新造は片頬を吊り上げ、馬鹿にしたように薄く笑った。

「もちろんそうですが……」

「そうだろう。あんただって商売なんだから、青臭いことはこのぐらいにして、もう帰ってくれ」

優介は俯いて社長の言葉を訊いていた。そして、おもむろに顔を上げると、自分を奮い立たせるようにして切り出した。

「しゃ、社長の気持ちもわかりますよ、でも、何か手を打たないと偽物が出回り、やりたい放題にされてしまう。こんなの悔しいじゃないですか、俺はそんなの許せないから。兄貴も言ってたじゃないか。何で特許を取っておかなかったんだって。せっかくいいマスクを作っても、すぐに偽物が出てくる。あっという間にうちのマスクが売れなくなってしまったじゃないか」

優介から正面切ってそういわれると新造も黙らざるを得ず、フンと鼻を鳴らすと顔を背けた。

誰かが何かを話せば話すほど雰囲気が刺々《とげとげ》しくなる。

香織が機転を利かせて話題を変えた。

「昨日もマスクの特許と実用新案を調べたのです。それと優介さんのアイデアを加味すると、きっと思いどおりのマスクができると思います。それなら特許が取れるんじゃないですか。きっと、せんせーがいい特許を書いてくれます。それで、何とかできないでしょうか」

「優介がアイデア、ですか」

「ええ」と茂も頷いた。

「それはどんなものなんだ」

新造は優介が考えたというマスクに興味が湧いた。工場では社長と社員の関係だが、出来が悪いと思っていた息子が会社のためにマスクと真剣に向き合い、やる気になっている。気にならないはずはない。

「もちろん俺一人で考えたわけじゃないけど、先生や香織さんに助言してもらって」

「なんだ、素人の助けがなければモノにならんのか。せいぜいその程度のことか」

「なに言ってんだ。俺たちにアイデアがないからアドバイスしてもらってるんじゃないか」

「能書きはいいから、早く話せ」

優介は新造の態度に怒りを覚えたが、一息飲み込むと、話し始めた。

「それは、風邪や花粉症、喘息に効き、蒸れない、メガネが曇りにくいなどの機能を持ったもので、しかも一人ひとりの顔にあったオーダーメイドのマスクです」

新造は黙って耳を傾け、時折頷くような素振りも見せた。

三人は新造の口元に、ぐっと注目した。

「わかった。所詮は素人考えだな。そんなものじゃあ、とてもじゃないが売り物にならんよ」

新造は優介のアイデアをにべもなく切り捨てた。

「売り物にならないってどういうことですか」

香織は一人興奮気味に、詰め寄った。

「売れないものは売れないんだ。そういうことだ」

「だからその理由をいってください」

香織もそう簡単には引き下がらない。永瀬との嫌な経験がそうさせるのかもしれない。何故あのときにもっと詳しいことを訊かなかったのかと。あのときの自分はただ黙って俯いているだけだった。

「それはだな。そんなにいっぱい機能をつけようと思ったら、そのマスクはいったいいくらになるんだ。世間で売れるマスクの工場出荷額はせいぜい一枚十円だ。いくら高くても十五円が限界だ。そのマスク、どう安く見積もっても三十円はかかりそうじゃないか。売値は百円、いやそれ以上になる。だからどう考えても無理だ。

第一、誰がオーダーしてくれるんだ。顔に合わせるといっても、誰がどうやってそれを測り作るんだ。そんなの第一できやしないよ。現実を知らない素人考えだ」

新造は、優介の提案を木っ端微塵に打ち砕いた。

優介も最初は社長と同じことを感じていた。でも、不可能と思えることに挑戦しなければ丸福に未来はない。今の優介はそれを理解している。社長に反対されてもそれを突破する覚悟はできているが、その思いをうまく伝えられない自分が情けない。優介は悔しさで見る見る顔がゆがんでゆく。

「だからお前は……」

新造は後の言葉を飲み込むと、もう終わったとばかりに応接室を出て行った。

優介はバタンと扉を閉め出て行く社長の背中を見送ると、悲しそうな顔をして、

「すいません。わざわざ工場まで来ていただいたのに……」

と、搾り出すようにして言った。

「こちらこそ何のお役にも立てず申し訳ないです。それに貴重なお時間を潰すようなことになってしまって」

茂は素直に頭を下げた。

「これで終わっちゃうんですか。二人とも悔しくないんですか。ねえ、せんせー。優介さん……」

香織は必死の形相で二人を交互に見た。

茂は眉間にギュッと力を入れ、天井を睨んでいる。

優介はただうな垂れ黙っている。

そして、しばらくして、茂は真一文字にギュッと結んでいた唇を開くと、

「今まで考えていたアイデアの実用新案を書きます。商標も出願します」

「でもお金が……」

優介は弱々しい声音で呟いた。

「今は考えないでおきましょう。もし儲かったら、そのときにいただきます」

とは言ったものの、大変な持ち出しになる。まったくの徒労になるかもしれない。

「そんなことしてもらっても、丸福が潰れたら払えるものはないんですよ」

「確かにそうでしょうね、でも、何もせずに悔しい思いをするよりいいじゃないですか」

茂は憑《つ》き物が落ちたようにすっきりとした笑顔を浮かべた。

——ボランティアじゃあるまいし、なに格好つけてんだ。こんな無茶なことを言い出して、引っ込みがつかなくなるぞ。

内なる声が激しく警告する。

——そうかもしれない。でも、なるようになるさ。これまで何とかなってきんだ。潰れたら潰れたときのこと。そのときに考えよう。

このときの茂はまったく人が変わったように、無謀ともいえることに挑戦してみようという気になっていた。茂の内なる声に香織が共鳴し、増幅された波が優介の心を大きく揺さぶった。

三人は確実に変わり始めていた。

「そうですよ。優介さん、最後まであきらめずに頑張りましょうよ」

香織も無我夢中だった。

「うーん。そうですよねぇ。おぉー、やってやろうじゃねぇか。新しいマスク」

優介は雄叫《おたけ》びを上げた。

「わたしは実用新案を作ってみます」

茂が言うと、

「あたしはマスクの調査と名前を考えるわ」

と、香織が応じた。

三人の役割は決まった。

そして、決心した。これらを一週間でやり遂げようと。

三人に残された時間は、あとわずかだ。

『男前マスク』と『王女のマスク』

茂は香織のオーダーメイドマスクの調査を元に、丸福マスク開発マップの空欄に発明の要素を埋めていく。それを基にして実用新案を次から次へと書き続ける。先日、丸福の社長から特許は役に立たない、お前らの言うことは素人考えだと頭ごなしに否定された。それで意地になっていたのかもしれないが、こんな短期間にこれほど集中して仕事をしたのは初めてだった。この間、腰痛が再発しなかったのは、天からの励ましだったのだろうと後になってから思った。

優介の思いも茂と同じ、いやそれ以上だった。あの糞《くそ》親父を何とか見返してやりたい一心で、連日夜遅くまでマスクの試作品の作製に取り組んだ。悔しさがばねになり、あるときなどは明け方近くまでマシンを動かしていた。うまくできないものがほとんどだったが、そう簡単に新しい発明が生まれるわけではない、と心の中で呪文のように繰り返し、あきらめなかった。

一つの試作品ができるとその都度、茂の事務所に出かけ、三人でどこがいけないのか、どこをどうすればいいのか、意見を出しあった。

そして、初めて思うようなマスクが完成した。三人は早速、そのマスクを試着してみる。茂が最初に発言した。

「鼻のところで息が漏れます。これだとメガネが曇るし、インフルエンザなどのウイルスも完全に防御できません」

「あたしには大きすぎ。これじゃあ、格好悪いわ」

香織は手鏡を見ながらブツブツ言った。

「それは俺の顔にピッタリのサイズにしたからね、当然そうなる。それにマスクって、だいたいがそういうもんでしょう」

優介はこれまでのマスクの既成概念にとらわれているのだろうか、言い訳を連ねた。

「これだったら今までのと大して変わらないわよ。オーダーメイドしたときのようなピッタリしたものにしないと、これまでの苦労が無駄になるわ」

「そう言われても、マスクって……」

優介はブスッとして黙り込んだ。

「優介さんにピッタリということは、香織さんをモデルにしたら香織さんにピッタリのマスクができるということですよね」

もちろんだ、と優介は頷く。

「その人専用のマスクは、顔や鼻のサイズがわかればできるけど、いちいちそんなデータを集められないよ」

優介は茂の言わんとすることがわかるのだが、現実はそう簡単にはいかないと思っている。

「われわれが求めるマスクは見た目や機能性も大切だけど、付け心地も快適でなければなりません。そのためには、その人にピッタリ合ったサイズのマスクを提供しなければ、われわれが求めるものは得られません」

茂は感じたままを口にした。

——その人にピッタリサイズのマスク……。

香織は心の中で繰り返した。

「そんなに一つ一つ本当にハンドメイドしていたら、いったいいくらのマスクになるんですか。コストも考えないと誰も買ってくれませんよ」

「そうかしら」、と香織が言い返す。

「自分の顔にぴったりで、女子だったらかわいいデザインのマスクがいいわ。見た目もおしゃれで、それにウイルスも完璧に遮蔽するマスクがあるなら少しくらい高くても欲しいと思うわよ。ファッションの一つとして考えてみてはどうかしら」

「そうかなあ。現実は五円でも高くなったら本当に売れないんだから」

優介は理想のマスクと現実の乖離《かいり》をどう埋めればいいのかわからず、天を仰いだ。

「だから普通のマスクでは満足できない、例えば、こだわりのあるデザイン、完璧な除菌性能や、付け心地のよさを気に入ってもらえる人だけに買ってもらえばいいじゃない。値段も安くて万人が満足するマスクを作るなんて無理よ」

「仮にそうだとしても、そのマスクを欲しがるその人の顔のデータをどうやって測るんですか」

「うーん……、それは……」と、茂が唸り、そして当然といえば当然の疑問を口にした。

「優介さんは顔のサイズをどうやって測っているんですか」

「俺の場合は顔の幅と、頬と鼻の頂点の長さを測って、後はマスクを付けたときに、鼻梁のプラスチックで微調整するんだけど。それと同じことを数人とか数十人ならできるけど、千人とか一万人になったら全員のサイズを測るなんてどう考えても不可能だよ」

優介はやけくそのように言った。

「うん……、ああ！」

茂が変な声を出すと目の奥が一瞬キラリと輝いた。

「そ、それかも、しれません」

「それかもって……、どういうことですか」

香織は何かを感じとったのか、ピクリと肩を震わせ、茂を見た。

「それが今回の発明の要《かなめ》、本質ですよ」

「発明の本質ってどういうこと」

「理想としては、一人ひとりに合ったマスクが欲しい。でもデータはなかなか得られないし、それができたとしても手間がかかり、数も作れないからとても高価なマスクになる。だから、そんなもの誰も買わない。現実は適当なところで妥協して、誰でも買える平均的なマスクを大量に生産して、安く売る」

「それだとどれもこれも似たようなマスクになる」

「さらに、使い捨てだと思うから、できるだけ安いものを買おうとする。多少不満があっても安いから仕方がないと思っている」

「そのうちこれがあたり前のようになって、マスクを付けてさえいればと心のどこかで安心し、そのまま使い続けている」

「本来のマスクの機能や効果など度外視してね」

茂と香織は代わる代わる持論を展開して行く。

そして、香織は茂の言わんとすることが形となって見えてきた。

「人の顔って一言でいうけど、いろいろあるわよね。丸顔に瓜実顔《うりざね》。四角い顔に、三角形の人もいる。その人たちをいろいろ測定して、それからその人の顔に合うマスクを作るんでしょう。それは……」

香織はそのあとの大変だ、という言葉を飲み込んだ。

「でも」、と優介が続いた。

「個人用を作るのは、そんなに難しいことをやっているわけじゃないんだ。右耳から左耳までの幅の長さと、鼻のてっ辺から顎までの長さを測って、後は鼻の高さかな」

「そうか。そうすると老若男女、大人も子供も顔の三つの指標でその人専用のマスクができる。そういうことなんですね。だったら、それらのデータをたくさん集めて、その傾向を統計的に調べてみましょうよ」

香織が調査会社にいるときに、特許のデータを統計的に処理していた経験がそう言わせた。

それを聞いた優介は大きく頷いた。

翌日から、香織と優介の二人は三つの顔のデータを集めるために知り合いを訪ね歩いた。香織は行きつけの喫茶店でおじさんの顔や、お店の常連客に頼んで成人の男と女の顔のデータを集めた。次に、母の知り合いがヘルパーをしているので、その伝《つて》を頼って老人ホームを訪ね、年寄りの顔を測定した。後でわかったことだが、子供と老人の顔の三つの測定値はよく似ていた。年を取ると子供に返るというが、顔の形もそのようだ。

優介の方は丸福マスクの従業員やパートのおばちゃん、この町の中小企業団地の仲間の数値を集めた。理由を話すと、みんな快く協力してくれた。面白がる人と、そんなことしたって売れんだろうと嫌ごとを言う奴と半々だった。

データを集めるためとはいえ、久しぶりにK町を、隅々までとはいかないが、あちらこちら歩き回った。工場団地と住宅地の中間あたりに優介が子供のころ通っていた幼稚園がある。データを集めるために幼稚園の前の道を何度か通った。元気のいい子供たちの声が響いている。今日はふと足を止めてスチールフェンス越しに子供たちの遊ぶ姿をぼんやり見ていた。

「ご父兄の方ですか」

幼稚園の先生だろうか、近づきながら声をかけられた。

「いえ、違います」

不審者と間違われては大変だと思い、その場を急ぎ離れようとすると、

「ひょっとして、ゆーちゃんじゃないの」

優介はピクリとして立ち止まり、振り替えると、にっこり笑う女性がフェンスの傍に立っていた。

「あたしよ。忘れたの。加奈女《かなじょ》よ」

「かなじょって……？　かなちゃん？　あの加奈ちゃん、なの？」

「そうよ。あの、加奈ちゃんよ」

辻村《つじむら》加奈女。優介とは幼稚園のときからの幼馴染だ。優介は「かなじょちゃん」と呼べなくて、加奈女をかなちゃん、かなちゃんと呼び、加奈女は優介のことをゆーちゃんと呼びあい、小学校、中学校と二人は仲のいい友達だった。しかし、二人が高校に入るとお互いに意識し始めたのか、自然と距離を置くようになっていた。

加奈女は短大を卒業すると、子供のころからの夢だった幼稚園の先生になった。三年後結婚し、この町を離れた。その後、女の子をもうけたが、今は離婚してバツイチになっている。昨年、生まれ育ったこの町に戻り、加奈女が卒園したこの幼稚園で先生をしながら、近所のアパートで一人娘の奈々美《ななみ》と二人で暮らしている。

優介は父親の工場でマスクを製造し、今は新しいマスクを開発していることを話した。そして、ここであったのも何かの縁だとばかりに、子供用のマスクのデータ集めに協力して欲しいとお願いした。

早速、加奈女は園長先生と相談するからと教員室に戻っていった。しばらくして、子供たちが嫌がらなければいいという条件付で承諾が得られた。

優介は、子供たちが素直に応じてくれるか心配したが、加奈女の誘導で子供たちはみなおとなしく、嬉しそうにしていた。ある子供は大きく開いた口の長さを測れといい、またある子供は目の長さを測れだの、挙句には鼻の穴を広げてその大きさを測れとせがむ子供もいたりして、優介にじゃれ付くように打ち解けている。今さらながら子供たちの勢いにたじたじとなった。

「加奈ちゃん。おかげで子供たちのデータがたくさん集まったよ。ありがとう」

優介が礼を言うと、加奈女は少し微笑み、もの悲しそうに下を向いた。

これは加奈女が心配事や困ったことがあるときの癖だった。この歳になっても変わらないのだろうか。

優介はまさかと思いつつ訊いてみた。

「加奈ちゃん。何か心配ごとでも……」

「うん、大丈夫……」

加奈女は笑顔を作ろうとするが、どこか無理がある。

「加奈ちゃん、言ってみなよ」

「う、うん。実はね、娘の奈々美の……、喘息《ぜんそく》が酷《ひど》くて、時々入院するんだけど、今回も急な発作で昨日から病院にいるの……。ねえ、優ちゃん。もしよかったら奈々美のマスク、作ってもらえない」

「なんだそんなことか」、すぐに作るよと約束したが、奈々美は喘息だけではなく、アトピー性皮膚炎も罹っているようで、市販のマスクを使うと顔中が真っ赤になるという。丸福マスクの製品はすべてが化学繊維でできている不織布を使っている。

「加奈ちゃん、ごめん。今のうちにあるマスクで使ってもらえるのはないよ」

「やっぱりそうなんだ」

加奈女は俯き、悲しそうに小さく笑った。

「じゃあ、マスクは使ってないの」

「せきが酷いし、のどを守るためにもマスクは必要よ。だからガーゼでできたマスクを使っているんだけどね。奈々美は、もこもこしてるし、格好悪いといっていやがるの。だから、優ちゃんなら何とかしてくれるかなって思って……。でも、無理なお願いよね」

優介は、自分がマスク屋なのに加奈女のささやかな望みすらかなえてあげることができず情けなかった。今は何の力にもなってあげられないけど、きっと何とかするから、奈々美ちゃんを見舞いたいことと、そのときに奈々美ちゃんの顔のデータを測らせて欲しいと告げた。そして、次の日、幼稚園が終わるのを待って、加奈女と二人で奈々美が入院しているK町中央病院へ向かった。

加奈女は奈々美に優介のことを、マスクを作ってくれるお兄さんだよと紹介した。

「奈々美ちゃん、こんにちは。お兄さんが奈々美ちゃんに特別のマスクを作ってあげるから、お顔の寸法を測らせてくれるかな」

奈々美は母親の加奈女と優介の顔を代わる代わる見、優介に視線を止めると、何かを察したように、

「奈々ちゃんでいいよ。奈々ちゃんのマスク？　そんなのできるの」

「ああ、奈々ちゃん専用のマスクだよ。作って持ってくるから待っててくれるかい」

「うん。でもね、かっこいいのじゃないといやだからね。それとね、ここのところにウサギさ

んの絵を入れてほしいの。奈々ちゃんね、ウサギさん、だーいすきなの」

奈々美はほっぺたのあたりを指差した。

「わかったよ。約束だ」

奈々美は細いちっちゃな小指を優介の太くて短い小指に縋りつくようにからませ、指切りげんまんをした。

優介はまた来るからと言って、手を振り病院を後にした。

そして、工場に戻ると試作室にこもって自問した。

——化学繊維でできた不織布は使えない。ガーゼマスクはもこもこして格好悪いという。いったいどうすればいいんだ。

何のアイデアも浮かんでこない。子供だからといって安請合いしちゃったかな、と指切りした小指を見ながら後悔し始めた。

個人用のマスクを作ると豪語しておきながら、奈々ちゃん用のマスク一つ作れないなんて、これでもマスク職人と言えるのか。俺はなんて情けないんだ。

——加奈女の願いを、奈々ちゃんのために何とかしてあげたい……。ああ、どうすれば、奈々ちゃんに喜んでもらえるマスクができるんだ。

優介は頭を抱え思案にふけっていると、バタンとドアが開く大きな音がして、社長の新造が入ってきた。

「お前、近頃会社にいないようだが何をやっている」

「新しいマスクのデータ集めだよ」

面倒くさそうに答えた。

「新しいマスクのデータだと。どんなマスクだ、見せてみろ」

「これからデータを解析するから、まだできてない」

「どうせたいしたもんはできんだろう。いい加減にして、諦《あきら》めろ」

「いやだ。せんせーと香織さんと約束したから、やめない。それに……」

「まだ、あの弁理士とそんなことやっているのか」

「……」

「工場の仕事をちゃんとしろよ。他のものに示しがつかんからな」

そう言って、試作室を出て行こうとする新造の背中に向かって、

「喘息でアレルギーの子供がいるんだ。そんな子でも使えるマスクを作りたいんだ」

「何の話だ」

新造は怖い顔をして振り向いた。

「その子はアトピーが酷くて化学繊維でできたマスクが使えないんだ。代わりになるものを知らないか」

「アトピーか、昔はそんな病気はなかったのにな。この国はどうなってしまったんだ」

「そんなの関係ねぇーだろうが。知らないなら出てってくれ」

「ガーゼ生地を使えばいいんだよ。綿でできているから肌には優しいはずだ」

「その子は、布製のマスクはもこもこして格好悪いと言うんだ」

「じゃあ、お前が格好良くしてやれよ。職人だろう」

と言い残し、新造はくるりと背中を見せると開発室を出てた。ドアが閉まると新造の顔が自然とほころんだ。

優介は社長の、いや大先輩の職人の正鵠《せいこく》を射た指摘に雷に打たれたようなショックを受けた。答えは単純なことだった。優介はその足で専務の正義のところに出向き、マスク用のガーゼを手に入れる方法を尋ねた。

「あんたのおじいさんの代までガーゼを使っていたんだよ。その時の取引先があるはずだから、ここで待っていてください」

正義は倉庫に足を向けた。

正義が倉庫に入ると、奥でごそごそと音がする。誰かいるのかと様子を窺うと、新造がこちらを向いて埃だらけの一冊の帳簿を持って出てきた。

「これを優介に渡してくれ。俺が頼んだことは内緒だぞ」

そう言うと正義の肩をポンと叩いて出て行った。

ガーゼ生地は愛媛県の今治《いまばり》から取り寄せていた。今でも取り扱っているのかと心配だったが、連絡を取ると昔のガーゼとは格段に品質が良くなっていて、アトピー症状のある人にも使えるからぜひ試してほしいとのことだった。

これでガーゼ生地は入手できそうだ。だが、それを使ってただ単にマスクを作ったのでは、奈々ちゃんに受け入れてもらえない。

——どうすればいい。それに集めた顔のデータをどう使えばいいのだ。不織布のマスクとガーゼマスク。果たしてどちらを作ればいいのだ。

俺一人で考えてもいい知恵は出てこない。せんせーと香織さんに相談してみようと、さっそく事務所を訪ねた。

「と、言うことなんです。なんかいい解決策はないでしょうか」

「う〜ん。今まで以上の難題ですね。香織さん、なんかアイデアはありますか」

「ちょっと待って、調べてみるから」

パソコンのキーボードをパチパチやり、特許情報を調べた。すると、

「ガーゼと不織布を重ねたマスクがありますね」

「あっ、そうか、それなら肌に当たる部分をガーゼ地にしてアトピーの発生を抑えられる。除菌効果は不織布で出す」

「あとは集めてきたデータでオーダーメイドしたようなマスクに仕上げる」

「それはできそうですか」

最後に茂が訊いた。

「ガーゼ生地と不織布。それに奈々ちゃんの顔のデータがあります。だから……」

優介のキラキラ輝く瞳がそれを証明していた。

集めてきた顔データの解析が始まった。三つの数値を指標にした顔の傾向図を作り、顔の形を十六のパターンに分けた。これらのサイズのマスクを作れば、ほとんどすべての人の顔に合うはずだ。

優介は直ちに試作室にこもった。禅僧が仏殿にこもり、座禅を組むような無の境地になっていた。そして、十六種類の試作サンプルを一気に縫い上げた。布製マスクにない薄くてすっきりとしたマスクが、そして化学繊維でできた従来のマスクにない優しい肌触りのマスクが、いま優介の手の中にある。これまでに製造していたマスクより材料の数も質も、また当然手間も暇もはるかに多くかかっている。

優介は自分用サイズのマスクを装着すると、頰にやさしくフィットした。顔の一部になったかのようにすぐに馴染んで、オーダーメイドした服を着たときのような体をそっと包む柔らかさがある。ガーゼ地のなんともいえぬ肌に優しい心地よさは期待以上だった。今治のガーゼメーカが自信をもって言っていたことは本当だった。これなら奈々ちゃんに安心して使ってもらえるだろう。

「できた！」

深夜一人残った静まり返った試作室で快哉《かいさい》を上げた。

――よーし、完璧だな。

心の中で自画自賛した。

伊達メガネをつけた。ドアを開け、外に飛び出し、バタバタと歩いていると目の前が白く曇り始めた。立ち止まり、慄然《りつぜん》とした。

初秋といえども夜中を過ぎ、かなり冷え込んできている。優介のメガネが自分の息で曇ってしまった。興奮しているということもあるだろうが、これではダメだ。奈々ちゃんの要求は果たせるかもしれないが、せんせーの要望に応えられない。これを何とかしなければ……。

――こっ、これは……。

優介はガックリ、肩を落とし試作室に戻った。先ほどまでの喜びは一気に吹き飛んでいた。

――メガネをかけている人はいつもこれに悩まされていたのだ。

確かにこれだと煩《わずら》わしい。メガネが曇る原因は吐いた息がマスクの上辺から息が抜けるためだ。この隙間をスポンジなどでふさげば解決するのだが、マスク本体が分厚くなるのと、明らかに見た目が悪くなる。スマートな格好いいマスクにならない。優介はガーゼと不織布だけで薄くて美しいものを作りたい。すっきりと仕上げることにこだわりたかった。

ふと優介は何かにとり憑かれたように作業台に置かれたハサミを手に取り、つけていたマスクを外すとマスクの上辺が山型に、頬に当たる部分が湾曲になるように切り取った。マスクの下辺はあごの丸みに沿うようにカットした。この作業を何度も何度も繰り返し、何枚ものマスクを反故《ほご》にした。優介が座っている作業台の周りは切り刻まれたマスクの切れ端で雪が積もったように白くなっている。

それから三日後、優介は一枚の無傷のマスクを手に持っていた。これは奈々ちゃん用の最後に残った一枚だ。奈々ちゃんにマスクを持って行くと約束した日だ。

あたりが真っ白になるほどマスクを切り刻み、顔にフィットして息が漏れないマスクを目指したが、結局、メガネの曇りを防止することはできなかった。すべての試みは失敗に終わった。

優介は自分の無力さに打ちのめされる思いだった。

でも、温度と湿度が管理されている病院で、奈々ちゃんが使う分には手元にあるこのマスクでも問題ないだろう。

優介は失意を抱いたまま病室に入ると加奈女はすでに来ており、ベッドの傍に座り奈々ちゃんと話をしているようだ。

優介は加奈女に目配せをして了解を得ると、奈々美に声をかけた。

「奈々ちゃん用の約束のマスク、持ってきたよ」

奈々美は、ありがとうと言うと早速マスクを右耳からつけた。紐も今治産のガーゼでできており、柔らく耳にも優しく仕上がっている。

「わぁー、とっても気持ちいい。お母さん、鏡、かがみ」

はい、はい、と脇机の引き出しから手鏡を取り出し、奈々美にわたす。

「あたしにぴったり。どう、お母さん」

「ピンクのマスクがかわいいね。よく似合ってるわ」

加奈女は奈々美が喜ぶ顔を見て、嬉しそうにありがとうと優介に礼を言った。

「今度、ここにかわいいウサギのアップリケを付けてあげるね」

わぁー、嬉しい、と奈々美は大はしゃぎだ。

「そういえば、加奈ちゃんは子供のころから絵が上手だったよな。今でも描いてんの」

「ええ。幼稚園のお母さんや子供たちに、結構受けがいいの」

加奈女は傍に置いていたトートバッグから園児の母親たちとの連絡ノートに書いたいくつかの絵を見せた。そこには、ウサギ、猫、犬、カメ、馬、ラクダ、ゾウなどの動物。蝶々、カブト虫、トンボ、カエルなどの昆虫。まだまだある。桜、なでしこ、ひまわり、四つ葉のクローバ、優介には名前のわからない草花もいくつもあった。

優介は、「今度持ってくる子供用のマスクにこの絵を描いてくれないかな」と加奈女に頼んだ。

「もちろんオッケーよ」

加奈女は娘の喜ぶ様子を見ながら答えた。

優介は、うんと頷いたが、なんだか浮かない顔をしている。

「どうしたの、優ちゃん」

「実は、一人ひとりにぴったりのマスクは作れるようになったんだけど、メガネをかけてる人がこのマスクをつけると、メガネが曇るんだ。これは、大きな欠陥だよ」

「そうなんだ。あたしもね、普段はコンタクトなんだけど、目が疲れたときはメガネをかけるのね。確かにメガネは曇るわねぇ。でも、その程度のことは仕方ないんじゃない」

加奈女はその程度なら些細な欠点だと、優介を慰めた。

「それじゃあ、ダメなんだ。俺は、完璧なものを作りたいんだ」

優介は病室にいることも忘れ、潜めた声が荒くなった。

鏡を見ながらマスクの付け具合を見ていた奈々美がそんな二人の会話を聞いていた。

「そんなの簡単だよ」

優介は、えっ、と驚き、奈々美を見た。

「奈々ちゃんはね、アトピーがあるから布のマスクしかつけられないけど、お友だちにもそんな子がいて、メガネの子もいるの」

優介は奈々美の話を食い入るように聞いた。

「メガネの子がね、布のマスクだとメガネが曇らないって、言ってたよ」

「奈々ちゃん、それ、ほんと？」

「う〜ん、うそじゃないと思うけど、その子に聞いてみる」

「いやー、そこまでは……」

優介の頭の中に、何かがパチンと弾ける音がした。

「加奈ちゃん……、また、来るから。それとアップリケの件、考えといて」

加奈女の、いいわよ、という返事も上の空で優介は病室を飛び出し、夕闇が迫りつつある町中を走った。

試作室に戻ってきた優介の頭の中は、奈々美が言った布のマスクだとメガネが曇らないという言葉がぐるぐる渦を巻くように巡っていた。

ガーゼは吸湿性がある。だから人に優しい。化学繊維からできた不織布は吸湿性がまったくない。ゼロパーセントだ。だから、息に含まれる水分が直接メガネに届き、そのためにメガネを曇らせるのだろう。しかし、薄くてもバクテリア除去効率《BFE》は高い。綿布でできているガーゼは適度に湿気を吸収してくれる。吸収した水分は徐々に放出されるのでメガネを曇らせないのだろうと推測した。

優介は自分用のマスクを新たに十個作った。マスクの内側の最上部にガーゼの帯を一枚、二枚、そして三枚と重ね縫い合わせた。縫製の終わったマスクのつけ心地は、帯を三枚付けたものはごわごわとした感触があった。次にメガネの曇り具合を見るために、暖房を効かした試作室とシーンとして静まり返った深夜の工場敷地とを出たり入ったりした。

帯のガーゼ一枚ではメガネは曇るが、三枚だとほぼ完全に曇りを防止することができた。しかし、鼻梁の個所と頬に当たる部分にごわごわ感が残る。答えは出た。

——帯ガーゼを二枚重ねて縫製すればいい。

二枚重ねマスクをつけて夜更けの工場内を駆け回った。息がぜーぜー、はーはーした。すると瞬間的にメガネが曇ることはあったが、普段マスクをつけてこんなに息が弾むほど走ったりはしないから、この程度なら問題ないだろう。

——よし、これでいける！

優介はついに新しいマスクの完成を確信した。すぐにでもせんせーや香織さんに報告したいのだが、夜が明けるまでには、じっとしていられないまどろっこしい時間が残っている。

朝日が昇るのを待って、優介はマスクのサンプルをショルダーバッグにそっと入れ、走り出したいのを我慢しながら留目特許事務所に向かった。ガラス戸をガタガタ叩いた。

「せんせー、早く起きてくださーい。せんせー」

優介ははやる気持ちを抑えていたつもりだったが、つい大声になってしまう。

茂は寝癖のついた頭をポリポリ掻きながら、まだ目覚めぬとろんとした顔でガラス戸を開けると、優介が勢いよく飛び込んできた。

「せんせー、できました」

優介は試作した茂用のマスクを、バッグから一刻を争うように取り出した。

茂は自分用にオーダーメイドされたマスクを手に取った。

「これが……」

それだけ言うと、ノーズブリッジを自分の鼻梁に合わせて装着した。しばらく顔をもぞもぞさせると、

「いい感じですね。顔にすっと吸い付くようで、ガーゼの肌触りが何ともふわっとしてて、気持ちいいです」

「そうでしょう。赤ちゃんにも優しい全く新しい質感のガーゼを使っています。この感覚は期

待以上です。それに、せんせーご希望のメガネも曇りません。昨日の夜、試したんです」

「それは素晴らしいですね。電車の乗り降りも大丈夫ですか」

茂は自分が通勤していた時のことを思い出し、何気なく質問した。

「電車の乗り降りって、何ですか」

優介は学生のとき、通学するのに電車を利用していたが、普段からメガネをかけていない。だから茂の言うことが理解できなかった。

「寒いホームで待っていて、満員電車に乗り込むとメガネが一気に曇るんです。マスクをしているとそれが余計に酷くて、まったく前が見えません。人とぶつかりそうで怖いのです」

「なるほど。でも、さっき完成したばかりで、電車でのテストなんてやってませんよ」

「じゃあ、これから行きましょう」

と、茂は提案した。

優介はこれからすぐにということに一瞬戸惑ったが、あとでしたって同じこと。

「ええ、テスト、行きましょう」と大きく頷いた。優介は伊達メガネをバッグから取り出しかけた。

茂は分厚いダウン一枚をひっかけると事務所の外に出た。今朝は運がいいのか悪いのか、一段と冷え込み、息が真っ白で太い。今年一番の冷え込みかもしれない。

茂は、「うっ、寒《さむ》」と思わず声が出て、体をブルリと震わせた。

久しぶりに通勤時間帯のホームに立った。ホームに流れ込んできた電車は、暖房と満員の人勢《ひといき》れでムッとしている。茂と優介は人に押されながらぎゅうぎゅう詰めの電車に乗り込んだ。

やっとの思いで電車に乗った茂と優介は離ればなれになった。優介は思わずフーッと息を吐いた。とたんにメガネが白く曇り、前が見えづらくなった。不慣れな通勤電車に乗り込んだ際、人にもみくちゃにされマスクが鼻からずれ曲がっていたせいだった。

茂もやっとの思いで吊革にぶら下がっている。茂のメガネは曇ることなく、終着駅までよれよれになりながらもなんとか無事にたどり着いた。満員電車からどっと吐き出された茂と優介は人の流れから離れ、呆然としてホームに突っ立っていた。特に優介は、徹夜明けだったこともあり、立っているのがやっとという状態だった。

「優介さん、やりましたね。おめでとう」

茂は優介の右手を取り、力を込めて握った。

一方、香織は誰もいない、ガラ空きの事務所に一人ぽつんと座っていた。

――せんせーは鍵もかけずに、いったいどこをほっつき歩いているんだろう。人がこんなに心配しているというのに……。不用心極まりない。

香織はイライラしながら待っていると、外から朗らかに笑う茂と優介の声が聞こえてきた。

「ただいまー。香織さん、おはよう」

「おはようじゃないですよ。事務所をほったらかして、どこに……」

たっぷりと文句を言おうとしたとき、茂がにこにこしながら今朝の出来事を、優介は昨夜のことを同時に話し出した。内容はごちゃごちゃでよくわからないが、

「要するに、オーダーメイドマスクが完成したということですね」

茂と優介は同時にうんうんと首を大きく縦に振った。

「本当ですか。よかった……。おめでとうございます」

香織はいつの間にか怒りが感動に代わり、涙が込み上げてきて両手で顔を覆った。

「ありがとう……」

優介は香織の涙を見て、胸の奥がつんとなった。

「これからですね、優介さん。これらをまとめて実用新案を出願しますよ。それと優介さんが苦心したこのマスクの形ですが、これは造形デザインとして意匠出願しておきましょう」

「いしょう……、ですか」

「ええ、マスクのデザインを意匠権として権利化しておくのです。例えば、コカ・コーラのボトルの形とか、不二家のペコちゃんも意匠登録されています」

「へえー、そうなんですか」

優介は知らなかったと驚いている。

「優介さん。このマスクの名前は決めましたか」

香織は涙声を抑えるようにして訊いた。

「作るだけで精いっぱいで、名前は考えていません。それは香織さんが……」

「じゃあ、名前、本気で考えます」

香織は猛然と名前を考え始めた。覚えやすくて、かわいい名前……、などとぶつぶつ呟いている。

優介は名前より次のマスクのことを考えていた。

「せんせー。俺、この技術を使えばカップ型でのオーダーマスクも開発できると思うんです」

「それって、どういうものなんですか。詳しく教えてください」

優介が説明するには、今回集めた顔の幅と長さの数値を用いれば、さらに高性能なお椀型のマスクも個人個人に合ったものができるという。

「なるほどね。そのアイデアも実用新案として出願することにしましょう」

優介は満足そうににこにこしている。

香織はマスクのネーミングに没頭しており、一人別の世界にいた。

突然、香織がこぶしを握って叫んだ。

「男前マスク！」

茂と優介は突然の奇声に驚き、香織を見つめた。

そして、香織は立ち上がると、

「王女のマスク！」

と再び叫んだ。

優介が開発したオーダーマスクの名前が決まった瞬間だった。

兄、新一郎

オーダーメイドマスクの名前が決まるひと月ほど前のことである。

新一郎はホテルのラウンジで坂根と楊雪花の二人と会っていた。雪花はとても落ち着いた色合いの緑茶色のジャケットと真っ白なドレスシャツに光沢のある黒のスラックス姿で現れた。金のネックレスをさり気なくつけている。

前回初めて会ったときに丸福マスクの存立が危惧されること、さらに丸福マスクの工場と技術を買いたいとの打診があり、協力してくれたら新一郎が業務上のミスにより出た一千万円の穴埋めと、それに加え成功報酬として五百万円のボーナスの提供を耳打ちされていた。

坂根は満面の笑顔で新一郎と再会の握手をすると前口上なしに切り出した。

「丸福さんの経営状況はどうでしたか」

柑橘系のオーデコロンの臭いが鼻を突いた。

新一郎は眉間に小さく皺をよせ、厳しい状況だったと言わざるを得なかった。

「やはりそうでしたか。新一郎さんの目で見て、丸福さんは再建できそうですか」

「いや、そこまで深く考えたわけではないが、数字だけを見れば厳しい……」

都市銀行に入行してから丸福マスクの経営にまったくかかわっていないとはいえ、親父の会社の状況を他人にとやかく指摘されて面白いはずがない。新一郎は苦虫を噛み潰したような、めったに人に見せない渋面を作った。

坂根は新一郎の気持ちなど頓着することなくストレートに投げかけてくる。

「ところで、考えてもらえましたか。楊さんに工場を売ること」

「それはわたしの一存では何ともできませんよ。父と弟が経営しているわけですから」

新一郎は斜め前に座る坂根から顔をそむけた。

坂根に代わって、新一郎に相対している雪花が静かに話しかけてきた。

「新一郎さん、一千万円どうするのですか。ご出世に障りませんか。わたしは新一郎さんの味方。何とかしてあげたいです」

魅惑的な目を新一郎に向けてくる。

新一郎はぞくりとした。そして、雪花からそれを指摘されると己のふがいなさに気持ちが萎《な》えていく。

「では、こうしてはいかがですか」、と坂根が提案した。

それは、丸福と付き合いのある取引銀行に丸福の経営悪化、引いては倒産の危機を理由に現在の融資金を引き上げさせるというものだった。

「地元のK信用金庫の、確かM町支店だったと思う。父とは長い付き合いがあり、地元との関係は根強いものがある。だから、そううまくは運ばないでしょう……」

と、新一郎は丸福を庇うように水を差した。

やはりどこの馬の骨ともわからない奴らに丸福をいいようにされて嬉しいはずがない。丸福を潰す企《たくら》みにおいそれとは乗れない。

「それはどうでしょうかね。とりあえずM町支店長さんにわたしの方からお話しておきます。新一郎さんは信用金庫さんから問い合わせが来たら、経営を継続する意思のないことをはっきりとおっしゃってください」

「それをわたしに言えと……」

こういった修羅場を知っている新一郎ですら血相を変えた。

「坂根さん。福田さんがお困りじゃないですか。新一郎さんからは何もおっしゃらなくても結構です。わたしたちの方で何とかやってみます」

雪花は新一郎の立場を思いやりひとつ頷くと、微笑を浮かべた。

「新一郎さんにやっていただきたいことは社長さんと弟さんへの説得です。それだけは、お願いしますね」

と、新一郎に優しい笑顔を向けながらも強い視線を送った。

「成功すれば、お約束通り一千万円とボーナスの五百万円をお支払いします」

雪花はまるで自分の部下を励ますように優しい表情で言うと、ほほほと声を出して笑った。

この前の賃借対照表とこの数年の営業成績を見れば、事業は年々細ってきており、行く末はわかりきっている。しかし、親父と優介をどう説得すればいいのだ。親父は引退してもいい年齢《とし》だが、優介はそう簡単には納得しないだろう。そうなると……、あいつの将来の芽を摘むことにもなる。しかし工場がつぶれたら、結果は同じじゃないか。

などと下を向き、ふつふつと考えていると、坂根がのぞき込むようにして新一郎を見た。

「丸福さんでは何やら新しいマスクを開発されるそうじゃないですか」

「その技術、欲しいですね。新一郎さん、何とかしてくださいよ」

雪花はすがるようにも、強要するようにも聞こえる言い方をした。

「何とかって、どういう意味ですか」

新一郎は言葉を発してから、しまったと思った。しかし、ことはすでに遅かった。

「もちろんタダじゃないですよ。聞き出してくれたら、さらに三百万円のボーナス出します」

――こいつらまた金かよ。金で何でもできると思っているのか。

新一郎はブスッとして黙っていた。しかし、今の俺の現状を考えれば、金は喉から手が出るほど欲しい。

新一郎は雪花と坂根に無言で見つめられていると、蛇に睨まれた蛙のごとく、真綿でじわじわと締め付けられるような息苦しさを感じ始めた。

「新一郎さんがお一人ですることはないんですよ」

坂根が新一郎のつらい立場をいたわるようにふわりと言った。

「それはどういう……」

「もうお分かりでしょう。どなたか、ご紹介ください」

「そうですね、こうしましょう。その方に中国に来ていただいて、工場の監督をお任せします。給料は二倍、いや三倍出します。きっとその方も満足されるのではないでしょうか」

雪花は、いい提案でしょう、と言いたげにすっと伸びた小鼻を上に向けた。

「三倍ですか、それなら……」

「はい。お約束しますね。わたし、中国人ですけど、嘘つかないです。日本人に習ってこの信念でこれまでやってきました」

ほっほっほっと声を出して笑ったが、目は新一郎を捕らえたままだった。

新一郎は射るようなその強い眼差しに思わず目を伏せた。

――工場がなくなっても従業員の何人かは高額の給料で雇ってもらえる。その方が経営破たんで皆が路頭に迷うよりいいかもしれない。

新一郎は頭の中ですでに次の展開を考え始めていた。

一千万円があれば俺は窮地から抜け出すことができる。次期部長も目の前だ。ボーナスの五百万円は、そうだな、優介を説得する資金に使えるだろう。あいつもそれを断るほどの馬鹿じゃないだろう。俺の提案に乗るはずだ。

――従業員を助けるために協力してくれそうな人物……。ふむ、一人いるじゃないか。

新一郎は心の中でほくそ笑んだ。

「わかりました。心当たりのものに話しておきますよ。でも、その新しいマスクの情報が手に入るかどうかはわかりませんよ」

掠《かす》れた声で言うと、コップの水を一気に飲み干した。いつの間にか喉がカラカラに渇いていた。

本当にそんなことになったら、親父はともかく俺と優介の仲は、もう、取り返しのつかないことになるだろうなぁ。母親の悲しむ顔が脳裏によぎった。

——お前は、本当にそれでいいのか。工場を潰し、弟を出世の道具にしても……。

もう一人の自分が俺を咎《とが》めている。

雪花は新一郎を艶《なまめ》めかしい眼差しでじぃーっと見つめ、次の言葉を待っていた。

「それで……」、新一郎はいったん言葉を切った。

「父と優介が工場を手放すことに納得するかどうか、今の段階では保障できない。それにこの計画が進むと、うちの家族はバラバラになるだろう。家族を納得させ、修復する費用としてさらに五百万円が必要だ」

坂根は、「それは……」と言ったきり、新一郎を見据え、唇を振るわせた。

雪花は細い眼を大きく見開くと、キッと新一郎を睨んだ。そして、大きな瞳をぎゅーっと細めると、

「新一郎さんは交渉術に長けておられますね。銀行員をやめてわたしのパートナーになりませんか。きっと面白いお仕事がたくさんできると思いますけど」

ふふふっと笑うと、続けた。

「わかりました。追加の五百万円、出しましょう。そのかわり、この話は確実に進めてもらいます。いいですね。フクダ、新一郎さん」

最後は念を押すようなねっとりとした言い方をし、これまでにない、強く威嚇するようなズシリと重い言葉だった。

「新一郎さん。そのお仲間の方と会うとき、わたくしも同席させてください。疑うわけではないですけどね。あなたに日本円で二千万円もの投資ですからね。計画が壊れるの、わたし、困ります。わかりますよね」

「同席ですか……」

「ダメ、ですか」

「いや、そういうことでは……」

新一郎は頭の中でぐるぐる計算していたが、これ以上は何を言っても無駄だろうと諦め、わかった、と答えた。

「それではいつお仲間と会えますか。今から相談してください」

雪花はテーブルの上に置いていた新一郎のスマートフォンを指さした。

新一郎はしばらく考えた後、丸福マスクに電話を入れ、専務の工藤正義を呼び出してもらった。

「おじさん。新一郎です。実はご相談があって、会ってもらいたい人がいるんです。内容はそのときに。場所は、ええ。はい、はい。では、三日後に。よろしくお願いします」

話し終えるとスマホを切り、話の内容を簡単に雪花に伝えた。

正義は最初、会う目的がわからず渋っていたが、

――新一郎坊ちゃんのたっての頼みと言うことで、お会いしましょう。

と、応じてくれた。

雪花はそれを確認すると、

「さすがですね、新一郎さんは交渉がお上手です。その時、専務さんが承諾したら、頭金として五百万円を、新一郎さんの口座に振り込みます。これであなたもわたしたちの仲間です」

雪花は安心したのか、硬い表情を崩して笑みを浮かべ、そしてほっほっほ、と声を出して笑った。

新一郎はその笑い声をはるか遠くに聞き、複雑な気持ちで黙り込んだ。

そして、三日後の夜。

新一郎は雪花と坂根を伴って、K駅近くの喫茶店で専務の正義と待ち合わせた。

正義が喫茶店に入ると、新一郎が奥の席から手招きした。正義は微笑を浮かべ会釈をし、新一郎に近づいた。

隣の席から雪花と坂根が立ち上がり、新一郎は正義に二人を紹介した。

「坊ちゃん、これはどういうことですか。確か、この人たちは……」

正義はちらちらと坂根に視線を送った。

「そうなんだけどね。まあ落ち着いてこの人たちの話も聞いてやってよ」

「社長がいらっしゃらないのに、話なんてありませんよ」

新一郎は背中を向けて出ていこうとする正義の肩を押さえて座らせると、

「でもね、おじさん。いや、専務。正直に今のうちの会社、どう思う」

「どう思うって……」

正義は雪花と坂根の二人を代わる代わる見て、返答に窮した。

「この二人は今の丸福の状況をよく知っている。俺もこの前、帳簿を調べて驚いたよ。職業柄いろんな会社を見てきたからね。このままなら、丸福は間違いなく潰れるよ」

「潰れるとは限りませんよ。これまでも、もうだめかと思うような危機は何度もありました。

社長はその都度、乗り越えてこられました。だから、今回もきっと大丈夫です」

「それはおじさんの貢献度が大きいと思うけど」

「そう思っていただけるのはありがたいですが、決してそんなことはありません」

「そんなに謙遜しなくてもいいと思うけど。ところで、しつこいようだけど本当のところ、おじさんはどう思っているの」

「だから、何とかなりますって。新一郎坊ちゃんが気に病むことはないですよ」

「そうかな。売り上げが回復する目途でもあんの。借金がどんどん膨らんでるのは明らかだよ。それに万が一にも……」

「万が一にも、どうしたと言うのです」

正義は、新一郎の含みのある言い方にいやな予感がした。

「た……、例えばだけど、万が一にもだよ、K信用金庫さんからの融資の引き上げがあったら、どうするんですか」

丸福なんてひとたまりもないよ、の言葉は喉の奥にしまい込んだ。

「坊ちゃん。それ、どういう意味ですか。まさか……、そんな話が……」

「例えばの話だよ。俺はただ、創業家の人間として専務や従業員のみんなのことが心配なだけだよ」

正義は腕を組み、憮然として椅子に沈み込んだ。

「今だったら、助かる道がある」

新一郎はぼそりと言った。

「助かる道……、どういうことですか」

正義はぐっと体を起こし、新一郎を見た。

「それは、マスク工場として価値のあるうちにこの人たちに手放すんだよ。今だったら高く買ってくれる。そうだろう、楊さん」

雪花は頷き、

「そうね、今だったら丸福マスクさんの工場、高く買います。設備は整っているし、第一にいいのは技術力が高いからです。でもね、遅れるとどんどんダウンします。それは同じような工場を中国で誰かが作ります。中国の技術も日に日に進歩しています。それは日本以上に何倍も何倍も早いです。だから、誰よりも早く工場作りたいです。いいマスク作って中国の大気汚染から子供や妊婦さん、そして多くの病気の人たちを救いたいです。専務さん、わたしの気持ちわかってください。お願いします」

雪花は正義を前にして頭を下げた。

「そんなこと言われてもねぇ。わたしでは……」

「中国に工場ができたら、専務さん、工場長にします。お給料は今の三倍出します。新一郎さんに約束しました」

雪花は気がはやるのか、正義の気持ちなどおかまいなしに、一方的にまくし立てた。

「そんなこと急に言われても……」

正義は正直、面食らった。ヘッドハンティング、言葉は知っているが、まさか名もない町工場で働く自分にそのような話が降りかかってくるとは夢にも思っていなかった。

「そうですね。今日、返事はできない。当たり前です。では一週間待ちます」

正義は腰を浮かすようにして椅子に深く座りなおした。

坂根は、新しいマスクの件は、と雪花に耳打ちした。

「それからね、専務さん。もう一つお願いがあります」

「お願い？　何です」

正義は、思わず聞いていた。

「それは、開発部長さんが何やら新しいマスクを作っておられるとか。その情報がほしいです。

お願いできますか」

「ああ、あれですか。優介さんが何やらやっていますね。でも、モノになるかどうかわかりませんよ」

「でもね、とても気になります。丸福のマスクは評判がいいですからね。何でもいいです。失敗して捨てられたものでもいいですから、それを持ってきてください」

正義が返答を言い淀《よど》んでいると、雪花はにこりと笑顔を作り、

「もちろん、タダではないです。ちょっと教えてくれたら百万円出します。ボーナスです」

「ボーナスだって？　そんなことで、本当に百万くれるというのか」

「もちろん情報にもよりますけど、百万円払います」

――丸福の秘密を金で買うっていうことか……。

「技術は丸福の命だ。だから、そんなことはできない。当然だろう」

憤慨して席を立った正義の背中に、新一郎は独り言のように、しかし聞こえるように呟いた。

「工場が売れたら跡地にマンションを建てようと思っている。そしたら、おじさんには退職金以外に最上階の一室を提供するつもりだから……。よく考えておいて」

正義は新一郎の言葉を聞き終えると、振り向きもせずに喫茶店を後にした。速足で歩きだす

と、聞きたくもなかった新一郎の、マンションを一室、という声が耳朶《じだ》によみがえってきた。

＊

正義の机の電話が急《せ》き立てるようなせわしい音を響かせた。

新一郎と会ってから三日が過ぎていた。電話を取ると、K信用金庫M町支店市場開発部長の植田《うえだ》からだった。融資の件でご相談したいことがあるので、至急で申し訳ないが、社長とご一緒にご足労願いたいとのことだった。

何のことだろうと社長と二人して急ぎ赴くと、すぐに二階にある支店長室に案内された。こんなことは今までにないことだ。大概は、会議が延びているだの、接客中だのと長々と待たされる。今日はどうしたことか、すんなりと通された。訝しく思いながら支店長室をノックした。

部屋には支店長の安田《やすだ》と植田の二人がすでに待っていた。安田は新造と正義の二人にソファーに座るように手招きすると、挨拶もほどほどに質問した。

「ところで、丸福さんの経営状況はいかがですか」

安田は銀行マン特有の粘りつくような含み笑いを浮かべていた。

「これから冬に向かいますので、マスクの売り上げも順調に伸びていくでしょう」

支店長の問いに怪訝な思いを深めながら、新造は慎重に答えた。

「いや、いや、社長。それはマスク業界全体のことですよね。丸福さんのマスクは売れていますか、と訊いたつもりなんですが」

新造はぐっと息を飲み込んだ。その様子を見ていた正義が代わって答えた。

「今年も中国品や、安い国内品が出回るでしょうけど、弊社のマスクは品質がいいですからね。それを知っているお客さんは多くいます。これからはそういったお客様を中心に堅実に伸びていくものと思っております」

「それなら問題ないのですがね。ちょっと嫌な噂を小耳にはさんだものでして、それを確認したいと思いましてね、お忙しいところをご足労願ったというわけなんですよ」

安田はあくまでも慇懃《いんぎん》に話す。

「確認したいこと、ですか」

正義は首を捻った。

「丸福さんのあの新発売されていたマスク、中国からの注文を受けたそうじゃないですか」

正義は小さく頷いたが、新造は素知らぬ方を向いていた。

「その注文がなくなった、と聞いたのですが」

「それがどうしたというんだ」

支店長の持って回った言い方が新造をイライラさせる。

「中国からの注文がなくなったとしても丸福さんにとっては、たいしたことではないでしょうし、われわれがそれをとやかく言う立場にありません」

安田はここでいったん言葉を切り、新造の顔色をメガネ越しにちらりと見やり、そして続けた。

「そのあと、丸福さんの最大の収入源である新マスクの模倣品が出回り、売り上げが急降下しているというのですよ。これは本当のことでしょうか」

「急降下するかどうかはこれからの売れゆき次第だ。営業部も頑張ってくれている。だから、大丈夫だ」

新造は強気の発言を続ける。

「それだといいんですがね。わたしが心配しておりますのは、新発売したマスクの特許を取っていらっしゃらないとお聞きしたからです。特許がなければ中国からの模倣品、いや国内メーカからの類似品ですら、製造や販売を停止させることができないでしょう。そうしたら丸福さんの対抗策は、販売単価を下げることしかない。そうですよね」

と、念を押すと続けた。

「価格なら中国品に勝てるわけがない。そうだとすると、先ほど専務さんがおっしゃたように丸福さんの業績が回復する可能性があるのでしょうか」

安田は銀行マン特有の鉄面皮の表情を作り、理路整然と丸福の置かれた状況を次々に分析してみせた。

こんなところで特許の話が出てくるとは、かつての支店長ではなかったことだ。誰かに入れ知恵されたにちがいない。不信感が募るばかりだが、今の新造には反論するすべがない。どうすることもできないまま、異次元の世界に引き込まれたようで当惑するばかりだった。

「というようなことでして、弊庫の判断として貴社へのご融資を今月までにさせていただきたいと思っております」

呆然としている新造に、安田は追い立てるようにして言った。

「な、なんだ、貴様いきなり。これまでの長い付き合いがあるだろう。そちらが苦しいときは俺たちが助けてやったじゃないか。それを忘れたのか」

「それは以前の支店長との取引でしょう。わたしの関知しないところです。まあ、そうは言いましても、これまでの御社との長いお付き合いがございます。われわれといたしましても何とかお力になりたいと思っています。が、しかしですね。丸福さんが経営の危機とあれば、近い将来、ご不幸なことになり、弊庫の資金が回収できないということにでもなれば、わたくしどもが困ります。今すぐにとは申しません。これまでのご融資金の一億五千万円のご返済をお願いしたいのです」

「一億、五千万だと……」

新造と安田がにらみ合ったまま、ピリピリするような険悪な雰囲気に包まれた。

安田は今年の春に東京本店から移動してきた新任の支店長で、本店で順調に出世の道を歩んできたのだが、つまらないセクハラがもとで、頭を冷やしてこいと、この町に飛ばされてきたのだった。一年でも半年でも早く元の本店に戻りたいと、目標以上の資金回収に固持しているところであった。要は成績が欲しいだけである。

うつむき黙って聞いていた正義が意を決すると顔を上げ、安田を真っすぐ見つめた。

「まだ極秘なんですが」、と耳打ちするように囁《ささや》くと続けた。

「開発部長がまったく新しいマスクを考案中です。これができれば弊社は間違いなくブイ字回復します」

「新しいマスクと言うことですか。どのような機能がおありなのですか」

支店長の脇でじっと控えていた植田が訊いた。

正義は植田の方に向き直り、

「まだ、詳しくお話しできる段階ではございません。極秘と言うことで今日のところはご容赦ください」

「開発部長といいますと、確か、ご次男の優介様でしたか」

「そうです。開発部長がいま一生懸命に、これまでにない画期的なマスクを開発中です。それが成功するまでは資金の回収はお待ちいただけないでしょうか」

正義はテーブルに着くほど頭を下げた。

新造は正義の思いがけない行動に目を丸くし、つられるようにして頭を下げていた。マサはものになるかどうかわからないものに、丸福の将来を託すというのだろうか。

頭を下げる二人を見て、原田は口を開いた。

「それが成功するという保証はおありなのですか。仮にですよ、それがたとえできたとしても売れるとは限らんでしょう。悪くすると新たな借金が増えるだけじゃないんですか。そんな夢物語のようなお話は承服しかねます。もっと確実なしっかりした情報をお聞かせください」

正義は顔を上げると、

「われわれ、モノを作ってきた人間は、これまでこうしてやってきたのです。新しいものを開発して売ってゆく。これがわたしたちのやり方。第一、支店長さんの言う確実なことって、何でしょうか。果たしてそんなものがこの世に存在するのでしょうか……」

「そ、それを考え、説明するのがあなた方の務め、使命なのではないですか。それを放棄されるというわけですか」

「そういうことはございません。わたしたちはお客様第一に、より良いもの、より品質の高いもの、より安心して使っていただけるものを提供する。それを社是といたしております」

正義は淡々と丸福の物作りの理念を説《と》いた。

「社長、専務さんが言われたこと、それが御社のお答えですか。そういう前世代の精神論だけで確たる根拠をお示しいただけないようでしたら、まったく話になりませんな」

取りつく島もなく、安田は正義の説明をバッサリと切り捨てた。

「支店長、いつからそんな偉そうなことが言えるようになったのだ」

新造は顔を真っ赤にして憤慨した。

「それ以外のご回答がいただけないのなら、これ以上いくらお話をしても無駄です」

安田は立ち上がると、お引き取りくださいと右手をさっとドアの方に差し向けた。

＊

Ｋ信用金庫を訪れてから数日が経とうとしている。あれから何の連絡も音沙汰もない。正義の「これまでにない画期的なマスクを開発中」、ということを考慮してくれたのだろうか、それとも別の思惑があるのか、それはわからない。わからないが丸福の存立が風前の灯であることは変わりがない。

新造は二階の会議室の窓に佇み夕日に沈む工場の外観をぼんやり眺めていた。

こうしていると胸に苦いものが込み上げてくる。それは、二〇〇六年のことである。バブルが弾け、長い不況に苦しんでいた日本に、景気が上向く兆しが見えてきたころだった。不況を一気に吹き払うチャンスがやってきたと思い込んだ。ここは攻め時とばかりに、これまでの儲けと信用金庫からの進めもあって、超低金利の融資とで工場の新築と改装を行い、さらに最新鋭の機械装置を購入するためにこれまでにない多額の投資をした。

マスク工場の内装は一新され、医薬品を製造する工場のような、衛生的な作業環境に生まれ変わった。頭から爪先まで真新しい真っ白なヘアキャップと作業服に着替えたおばちゃんたちは、一様に驚くとともに清潔で快適な環境に驚嘆しながらも手をたたいて喜んでいた。そのときの眩しいばかりの光景が新造の瞼の裏に焼きついている。

——今にして思えば、あのころが俺の最高の時期《とき》だったかもなぁ、と思う。

ところが翌年、その景気に黒い影が差し始め、二〇〇八年に新造にとっては寝耳に水の、世に言うリーマンショックが勃発した。アメリカが不景気になるや日本も谷底に引きずり込まれるようにして不況の風が吹き荒れた。特に高級品、高額なものほどその影響は大きかった。丸福マスクは通常の市販品より高価格であったため、その煽《あお》りをまともに受けることになった。新工場でフル生産できたのはわずかに一年足らずでその後は、金利の負担と過剰設備にあえぐ日が何年も続くことになる。その間、泣く泣く従業員を解雇することになり、新造は身を削るような辛い思いをした。

そうした長い忍耐期間を経た後の今回の中国人からの話だった。今にして思えば、軽はずみだったかもしれないと思い返す。

——俺には、もう、商運が尽きていたのかもしれん……。

「社長……、社長……。ここにいらしたのですか」

正義が声をかけると、いま気がついたように振り向き正義の姿を認めると、再び視線をゆっくり外の景色に戻した。

「マサさん……。夕陽ってこんなに綺麗だったかなぁ」

新造はぼんやり外の景色を見たまま呟くようにして言った。

「どうだったですかねぇ。最近は空を見ることもなくなりました」

正義も窓に佇む新造の傍に立ち、真っ赤に沈む夕陽を一緒に眺めた。

そして、

「マサさん、すまんがもうしばらく俺をひとりにしてくれないか」

「……、わかりました。下におりますので声をおかけください」

では、というと正義は新造の辛い心情を思いやり、そっと会議室を出て行った。

正義もまた、大きな人生の岐路に立たされていた。

娘の智子が嫁ぎ先の神戸で一緒に暮らさないかと誘ってくれているのだ。妻が死んで七年になる。これを機に引退して孫の面倒を見て欲しいというのだ。婿は三ノ宮の高台に新居を構え、そこから海が望めるという。悠々自適といえるかもしれない。もし、そうなると新さんを一人残して、丸福とこの町を去らねばならない……。

新造は一番星が輝くころになってもまだ窓辺に立って、物思いにふけっていた。人生も晩年になり、今日の夕陽のように綺麗なまま静かに沈んでいけたらと思う。考えてみれば親父の背中を見ながら丸福で働いて五十年。親父から工場を引き継いで四十年余りになる。よくぞ続いたもんだと思う。いいときも少なからずあった。バラック小屋のようだった工場もこんなに立派になり、大きくなった。しかし、バブルが弾けてからの二十年は明日をも知れぬ状況で、心配のし通しだった。毎日が危ない綱渡りで、マサさんには金の工面ばかりさせてきた。俺は新しいマスクを作るというのを口実に金の苦労はすべてをマサさんに任せっきりだった。本当にすまない気持ちでいっぱいだ。

ここへきて急にK信金が融資を引き上げると言ってきた。今のこの時期に、いったいどうしたというのだ。信金から見放されたら、いくら優介がいいマスクを作っても、丸福は持ちこたえられないだろう。

何故なんだ。安田が言うように日本ではもうマスクを作ることができないのか……。

「工場閉鎖」という四文字が頭の中に明滅した。

You Tube

優介が開発したマスクは、茂の薦めもありインターネットを通じて販売された。もちろん大々的な宣伝、コマーシャルを打ちたいのは山々だけど、今の丸福ではそんなコストはかけられない。

丸福のホームページを開くと、

あなたのお顔に心地よい、ピタッとフィットしたマスクをお使いですか？

花粉はもちろん、わる〜いウイルス、こわ〜いバクテリアからあなたを守る画期的なマスクです。

新発売!!

オーダーメイドしたような、お顔に完全にフィットした、赤ちゃんのお肌にも優しいマスクです。

お洒落《しゃれ》なあなたに『男前マスク』

素敵なあなたの頬を優しく潤す『王女のマスク』というキャッチフレーズが目に飛び込んでくる。同時に英語版の画面も作成している。英語のページを作ったのは、居酒屋『兆治』で茂と香織と飲んでいるときに二人に言われた勢いから悪乗りしただけで、特に意味はなかった。ただ世界中の人たちに、俺たちは頑張っているんだぞ、というメッセージを送りたかっただけだ。

ホームページにアップして一週間が経ったが、どこからも、うんともすんとも注文どころか、問い合わせすらなかった。優介や茂たちの思惑は、狙いどおりに進まない。ある程度覚悟をしていたとはいえ、何もないというのは辛いものがある。

——キャッチコピーもありふれている。ネット販売なんて、そう簡単にうまくいくわけないよなあ。やっぱりだめか……。

優介は今夜も早々に居酒屋『兆治』の定席となった奥のテーブルに背中を丸めて座っている。そこへ茂と香織が仕事を終えて、兆治の暖簾をくぐってやってきた。

香織はいつものように生中《なまちゅう》を二つとおでんを注文すると、優介の向かいに茂と並んで座った。優介のビールの泡はすっかりなくなり、すでに温《ぬる》くなっているのではないかと思わせた。

「こんばんは。優介さん」

「ああ、香織さん、せんせー」

優介の目は二日前のイワシのようにとろんとしており、生気を感じない。『男前マスク』も『王女のマスク』も売れていないのだろう。

「優介さん、元気出して」

香織が声をかけたものの、その後なんと言えばいいのかわからない。茂の方を見たが、そっとしておいてやれといわんばかりに、唇をギュッと結んで小さく首を左右に振るだけだった。

誰も話をしようとしない。売れない。ダメか、の言葉はビールの泡とともに飲み込んだ。そのセリフを口にした途端、本当にこれで終わってしまうような気がしたからだ。

会話という会話もなく、ただため息だけが代わる代わる漏れ聞こえる。

香織は所在なげにスマホをいじっていた。親しく付き合っている友人もいないのでメールが届くわけではない。ラインなんて面倒だと思っている。小さくふーっと吐息をつくと、自分もマスクの開発に貢献したという思いもあり、ついつい時間があくと丸福のホームページを呼び出してしまう。今日は気まぐれに英語のページを開いてみた。

「うっ、なにこれ……」

香織は泡のないビールを一口啜《すす》ると、その苦さに顔をしかめた。テーブルにジョッキを置き、手のひらで目をこすった。目をギュッと瞑《つむ》り、そしてゆっくりと開いた。千とも万とも取れる小さな丸が並んでいる。英語で何やら書かれているのですぐには理解できない。日本語翻訳ソフトを起動して、ページ全体を一括変換してもらうのに数十秒待つ。いや、ほんの数秒だったかもしれない。もう一度目を瞑り、ゆっくり目を開いた。そして、じっと見た。

——これはひょっとして、注文が来ているのかしら。

「ねえ、せんせー。これちょっと見て……」

香織はスマホの画面を二人に向け、反応を待つ。

発信元は、中国広東省衛生局とある。広東省では、鳥インフルエンザや近頃ではエボラ感染の疑いのある人が多く出て、大変な騒ぎになっている。それで医療関係者以外の一般の人向けで高性能のマスクが欲しいので、貴社の八種類のマスクを試してみたい。それぞれ千個ずつ送ってほしいと書かれていた。

「優介さん、やりましたねぇ。初の注文ですよ」

茂は優介に笑顔を向けた。

しかし優介は、一瞬パット顔をほころばせたものの、

「発信元は中国なんでしょう。それはきっと俺たちを嵌《は》める偽メールですよ。そんなものに何

度も騙されませんよ」

　しかめっ面を作り頭を左右に振ると、あーあとため息をついた。

　中国と聞いただけで拒否反応が出てしまうのか、端《はな》から信用していない。それもそうだろう、こんな苦境に陥《おとしい》れられた大きな原因の一つは中国人バイヤーのせいだと思っているからなおさらだ。

　優介はすでに冷酒に代わっており、手にした吟醸妙高山を苦いものでも飲むように喉の奥に一気に流し込んだ。

　香織は落胆している優介を慰めている間、茂は香織のスマホを受け取り、画面を下にスクロールしていた。

「待ってください。もう一件きてるみたいですよ。このメールは一昨日《おとつい》の発信になっています」

　発信先は、ニューヨークの五番街にあるドラッグストアからだった。アメリカ人はマスクをつける習慣はないが、先ごろのエボラ出血熱の発生以来、マスクを買い求める人が増えたと書かれている。しかし、どれもこれもサイズが合わず、鼻の脇や頬との隙間が大きく、スカスカの状態だという。その上、ビジネスマンが颯爽と五番街を歩くにはとてもじゃないがファッション性に欠ける。優れた機能性と自分の顔にフィットした、しかもスマートなマスクが欲しい。

いろんなマスクがあるという日本のメーカをネットのサイトで探していると、マルフクのオーダーメイドマスクに行きついたというのである。それで、試験的に購入したい。とりあえず、大きいサイズの四種類を千枚ずつ送ってほしい。〝アズ・スーン・アズ・ポシブル〟それも可能な限り早く、と締めくくってあった。

「これはアメリカからですからね、本物のオーダーじゃないですか」

茂がそういうと、香織は大きく頷き、手を叩いて喜んだ。

「ヤッター！　優介さん、初注文ですね。おめでとうございます」

茂はテーブル越しに右手を差し出し、優介と握手を交わした。握手した二人の手の上に香織の両手が重なる。

優介はまだ信じられないのか、首をかしげながらもすでに頬の筋肉は緩んでいる。そして、頭を掻きながら、へへへと照れ笑いをした。

「外国から注文が来ると思ってていなかったし、それに俺、日本語しかわかんないから、昨日も今日も日本語のホームページばかり見ていて……」

優介は頬を引きつらせながらぎこちなく笑うと感極まったのか、みるみる瞼に涙がたまってきた。これまでの苦労が報われる思いがした。

香織もつられて鼻をくすんと啜った。

茂はやっとここまで来たと達成感に胸をなでおろし、ほっと一息ついた。

その日を境に英語版のホームページに一件また一件と、注文が届くようになったが、数千枚程度の注文では丸福の経営状況を改善させるところまでいかない。肝心な日本の顧客からの注文はまったくない。嬉しさと心配。そして、淡い期待が交錯した。

『男前マスク』と『王女のマスク』は決して安くはない。使っている材料は最高級なものばかりだ。その上に、一枚一枚に手間暇をかけ、丁寧に縫製している。衛生的な環境下での製造もこれまで以上に心がけている。だからコストがかかり、値を下げることはできない。当然、高価格品に分類されるが、反面、利益率は高い。

外国だけじゃなく国内で売れなければ、丸福マスクの脆弱な財務体質はよくならない。残された時間は一年と残っていない。焦ってもどうしようもないのだが早く注文がきてほしいと願うばかりだ。しかし現実は、売れ先が海外ばかりでそれすらいつ注文がこなくなるかわからない。エボラの終焉《しゅうえん》と同時に売れなくなるだろう。一時のブームで終わる可能性の方が高い。そうなればそれでお仕舞だ。

新事業の将来性が見通せないぶん、心配は尽きないが、心配したからといってどうにかなるものではない。ただじっと、待つしかないのだ。

ホームページに『男前マスク』と『王女のマスク』をアップしてから三か月が経とうとしていた。それは深夜テレビのトーク番組だった。

『海外で売れている、知られざるクールジャパン』というタイトルの番組の中で、顔にフィットしたマスクがニューヨークで売れていると、二分ほどの短い間だったが、その状況が紹介された。そのマスクの右隅には丸福マスクのロゴマークがはっきりと映っていた。その小さな番組が発端であった。その番組の一部がインターネットのＹｏｕ《ユー》　Ｔｕｂｅ《チューブ》で紹介された。

それを知った優介は茂の事務所に香織と三人でその映像を見ようとやってきた。三人は緊張からか体が固まっている。香織の心臓はドキドキして、茂や優介に聞こえるのではないかと思えるほどだった。

ユーチューブの画面では、ニューヨーカーがインタビュアーに質問を受けている。何故マスクを付けているのか、その付け心地はどうか、何か問題はないか、などと矢継ぎ早に質問を浴びせられる。ニューヨーカーは、エボラが怖いからだとあっさり答え、つけた感じは肌にすっとフィットし、何の違和感もない。息も漏れない。このマスクはとてもクールだと親指を突き上げながら答えている。マスクの右隅に丸福のロゴマークがきらりと光るのが見えた。

三人はそれをしっかりと見定めると、頷きあった。きらりと光るロゴマークはホログラムでできており、この商標はすでに出願登録済みだ。

この映像は繰り返し見られ、視聴回数はあっという間に一万回を超えた。とてもマイナーな話題だと思われたが、そこに意外性があったのか、それともマスクをつけたニューヨーカーが珍しかったのか、それはわからない。

珍現象ともいえるこの話題を、テレビのゴールデンタイムのお笑い芸人が司会するトーク番組で面白おかしく紹介されるや、翌日の丸福マスクに問い合わせの電話が殺到し、ベルの音がギャンギャン鳴り響いた。とうとう、事務員だけでは間に合わず、優介や正義まで駆り出されるほどだった。

また、女子高生の間では、マスクのパステルカラーの淡い色合いと左上の加奈女がデザインした動物や花のマークがおしゃれでかわいいと人気を呼び、評判となった。

優介のパソコンにも引っ切り無しに注文のメールが届いている。もう優介一人では対応できない。てんてこ舞いになった。

『男前マスク』と『王女のマスク』は従来品との並行生産のため、優介が中心となり、若手とパートのおばちゃんたちとのチームワークで乗り切ることになった。若手の情熱とおばちゃんたちの、「ユーちゃんのためなら頑張っちゃうからねー」、の応援と残業や日曜出勤のおかげで何とか乗り切っている。優介は皆の頑張りに涙が出るほど嬉しかった。事実、優介は感謝の気持ちを伝えると思わず涙した。それを見た古株のおばちゃんが、「こりゃあ、親父さん以上に泣き虫だわ」とからかい、皆の笑いを誘った。

ぎりぎりの瀬戸際だったが、一時だけでも丸福は持ちこたえることができた。

このまま行けば、『男前マスク』と『王女のマスク』が従来品の出荷量と肩を並べ、近いうちに追い越すだろうと思えるほどの勢いだった。しかし、新型マスクがいつまで売れ続けるかわからない。束の間のブームで終わるかもしれない。もしそんなことになれば元の木阿弥《もくあみ》だ。優介の心配は尽きないが、それでも優介が今できることは、一刻も早く注文に応じきれるよう一生懸命に縫製機を動かし、マスクを作り続けること、立ち止まっている暇はない。自分に課せられた試練だと思い、一心に仕事に打ち込んだ。

＊

茂は優介が開発した『男前マスク』と『王女のマスク』に対して特許一件、実用新案五件、ロゴマークや商標三件、加奈女が図案化した動物や昆虫、花々のマーク、マスクの意匠を含め十件を出願した。その際、茂は優介に特許庁への出願費用だけを貰っていた。というか、その金すら優介のわずかな貯金と茂と香織の出資金で賄《まかな》われたのだ。

これまでのところボランティアのようにほとんど無料で仕事をしたことになる。だがその一方で、優介と一緒になって「モノ」を創造する苦しさと、それができたときの嬉しさと喜びを同時に味わうことができた。現場に足を運び、新しいマスクを開発するためにアイデアを絞り出した。この一連のミッションにこれまでにない充実感を味わっていた。

特許や実用新案、商標に意匠を出願するために、茂と香織は優介と一つの契約を交わした。今回の『男前マスク』と『王女のマスク』が売れたなら、出願手続きの手数料として売り上げの一パーセントを留目特許事務所の口座に振り込むというものだった。前代未聞ともいえるが、出願費用を工面するために悩んだ末の結論であった。

茂にとってもこのような形での出願費用の支払い契約は初めてで、これが事務所経営にどう影響してくるのかわからなかったが、無我夢中で編み出した苦肉の策だった。

模倣品

テレビでの話題はひと月もするとすっかり忘れさられ、マスクの問い合わせは、潮が引いた晩秋の浜辺のように、丸福マスクの事務所内はシーンと静まり返った。ギャンギャン鳴り響く電話の音にブーブー文句を言っていた事務兼受付のおばちゃんも、「暇だねー、どうしちゃったのかねー」、と心配するほどだった。物音ひとつしない事務所にため息だけがこだました。

『男前マスク』と『王女のマスク』の爆発的な売れ行きは終わりを告げた。

それは、過剰注文のキャンセルから始まった。そのため丸福マスクの倉庫には新マスクを製造するための原材料が山積みとなり、その月の収支は赤字となった。

この商品は一過性の流行《はや》りものだったかと思い始めたその頃から連日、木枯らしが吹き、本格的な寒さが到来した。そうなると、『男前マスク』と『王女のマスク』の本来の機能である頬にぴったり吸いつくようなフィット感や、通勤電車に乗ってもメガネが曇りにくいことが見直され、高価格マスクではあったが売り上げは回復を見せ始めた。さらに、風邪やインフルエンザの流行の兆しが報道されると頬への密着性の良さが病院などでも評価されるようになり、一部の医者が推奨してくれたのも大きかった。

ファッション性と機能性を重要視する外回りの営業マン、オフィスで働く女性たちのちょっとしたおしゃれのアイテムとして、それに受験勉強にいそしむ学生さんや母親などが丸福の『男前マスク』と『王女のマスク』を買い求め、安定した堅調な収益源になりつつあり、今後もこの状況が続くだろうと大いに期待された。


そして、年を超えた春先のことだ、風邪やインフルエンザ対策用から花粉を防御するためのマスクが売れ始めたころ、スーパーに『男前マスク』と『王女のマスク』の模倣品が現れたとの連絡が卸業者から舞い込んだ。このままだと以前の二の舞になる。スーパーやコンビニ、ドラッグストア、それにお客様に迷惑がかかる。丸福さんが一番困るだろう、だから何とかして欲しい、と言うのだ。

——おい、おい、またかよ！　やっと安定した売れ行きになり、ホッとしていたところなのに……。

優介は言いしれぬ不安に駆られ、鉛を飲み込んだような重い気持ちになった。

——なんで俺らのマスクばかりが狙われるんだよ、本当に一体どこのどいつだ……。

優介は怒りのはけ口を求めるように、このことを直ちに茂に伝えた。

茂と優介は香織とともに偽物が出たというスーパーに出向き、その模倣マスクを入手した。スーパーから出た三人は道路の向かいにあるファミレスに飛び込み、香織は席に着くなり、スーパーのレジ袋から二つの偽物を取り出した。商品名は、『男のマスク』と『女王のマスク』と書かれていた。明らかに丸福の『男前マスク』と『王女のマスク』を標的にした模倣品だ。

優介は眉をひそめ、唇をかみしめた。袋の表面に印刷されたイケメンの男性がマスクをつけた図案も、ティアラを冠した王女風のすまし顔のデザインもほとんど同じように見える。

香織がテーブルの上に置かれたマスクを憎々しげに掴みあげると、力を込めてベリッと破り中のマスクを乱暴に取り出した。

取り出したマスクは、明らかにどこにでも売られているごく普通のマスクだ。しかもマスクの右側の頬のところに、丸福のものと似たようなロゴマークがプリントされている。見た目だけを同じにしている。

「こ、これは何だ！　ペラペラだし、まったく酷い。うちのマスクとは雲泥の差だ。しかもこんな安物をこんな高値で売るなんて……」

優介は苦労を重ねて完成させた新マスクの偽物を見て、その怒りが爆発した。

値段は『男前マスク』より二割ほど安く設定されている。もしこれが売れ続けたなら模倣品業者はやすやすと大金を懐にするだろう。

——許せない！

優介は蟀谷《こめかみ》をぴくぴくさせた。

袋の裏に製造元は中国、福建省とある。販売元は兵庫県灘区○○町、××商事となっていた。果たしてこれが本当の住所なのかどうかもわからないが、茂は自分たちの商標、意匠権と実用新案権をもとに、すぐさま警告状を販売先に発送した。

これで偽物の販売をあきらめてくれればいいのだが、と思っていると、今度は別の卸業者から同じような模倣品が△△販売代理店から売られているという情報がもたらされた。それを境に商品名と袋のデザインをちょっと変えた模倣品が次から次へと現れた。茂はその都度、警告状を送った。

——これは……、いったいどういうことなんだ。

茂はその対応に頭を抱えた。

そうこうしている間に丸福マスクの売れゆきは、茂の行動をあざ笑うかのように落ちていった。

「せんせー、これじゃあ、特許を取った意味がないじゃないですか。何とかならないんですか」

優介は行き場のない怒りを茂にぶつけた。

「すみません……」

茂は深々と頭を下げた。香織も隣で申し訳なさそうに頭を下げている。

せんせーも香織さんもこれまでともに苦労してきた仲間だ。決して二人が悪いわけではない。優介もそれは重々承知している。承知はしているのだが、フツフツと沸き上がる怒りをコントロールすることができないでいる。

茂のできることといえば模倣品を見つけて、販売元へ警告状を出すだけだった。警告状を出すとそこからの販売は止まるのだが、次から次へと新しい模倣品が出てくる。まるでモグラたたきのようなもので、偽物は一向に減る様子はない。その間、優介の新マスクの売り上げは徐々に落ちて行った。

何か新たな別の手を打たなければ丸福マスクは再び窮地に追いやられる。いや、もっと不幸なことが起こるかもしれない。言いようのない不安が茂を締め上げ、腰の痛みが日に日に増していく。

茂はこんなにしつこい模倣犯と対峙するのは初めてで、これ以上何をどうすればいいのか、途方に暮れた。

*

茂が頭を抱え机に沈み込む数か月前のこと。

新一郎は専務の正義を伴って、いつものホテルのラウンジで雪花と坂根に会っていた。

今日の雪花はひざ丈の真っ赤なチャイナドレスを身にまとっていた。アップにされた髪には真っ赤な珊瑚の髪止めが凛とした雪花の顔をひときわ際立たせている。

新一郎はチャイナドレスの裾からのぞく雪花の白い足に目を奪われると、ごくりと生唾を飲み込んだ。

眉間に皺を寄せ、渋い顔をした坂根が前のめりになり問い質した。

「専務さん。あんなできの悪いマスクを持ってこられても困りますよ」

「何のことを言っているのだ」

正義はまったく心当たりがないわけではないが、平然として坂根を睨み返した。正義は優介が新開発したマスクの秘密を漏らすつもりなど毛頭なかった。ただ、新一郎坊ちゃんの頼みとあらば、まったく無視するというわけにもいかず、たまたまごみ箱から拾った切り刻まれたマスクを新一郎に委《ゆだ》ねたのだった。

「専務さんあれじゃあ、もうマスクじゃあ、ないでしょう。どう見てもただのゴミだ」

「何でもいいと言ったのはそっちの方だろう」

「開発中のマスクの情報を持ってくるという約束じゃなかったですか」

「やくそく？　何の約束だ。俺はお前たちと約束した覚えなどない。ただ、新一郎坊ちゃんの頼みを聞いたまでのこと。あれは確かに開発部長が手を加えたものだ。それをどう判断するかはお前たちの勝手だ。俺には関係ない」

正義はきっぱりとはねつけた。

その時、パチパチパチパチと拍手する音が聞こえた。

「さすがに海千山千の専務さんですね。そういうことならボーナスはなしですよ。いいのですか」

雪花は頬を緩めて言ったが、目には怒りの黒い炎が渦巻いていた。

新一郎も続いた。

「おじさん。マンション……」とかすれた声を出したが、

正義は新一郎のそのあとのセリフを遮るように、

「坊ちゃんにわたしの退職金や老後のことまで心配していただくとは思ってもいませんでした。ありがたいことだと思っています。でも、わたしは大丈夫です」

正義は新一郎の方に体を向けると頭を下げた。そして、おもむろに頭を上げると新一郎に自分の想いをとつとつと語り始めた。

「わたしはねぇ、新一郎さん。自分の青春も、人生の苦しも楽しみもすべて丸福マスクとともにあったと思っています。社長の新さんと一緒に泣いたり笑ったりね。若いころはよく喧嘩もしました」

そう言うと、目を細めラウンジの窓から遠くを眺めた。再び、顔を新一郎に戻すと、

「自分もね、若いときは新しいマスク作りに夢中になった時もあったんです。新さんよりも早く、新しいマスクを作ろうとしたんです。お互い切磋琢磨してね。でも新さんの作るマスクにはかなわなかった。それからは裏方に回りましたがね。どんな時でも二人三脚で歩んできたと自負しています」

正義はすっかり温くなった珈琲を一口啜《すす》ると新一郎を真っすぐ見て続けた。

「新一郎さんは銀行のお偉いさんだけど、モノを作る喜びはわかっちゃいない。職人はね、最

後はお金じゃないんだよ。マンションを欲しがる新一郎さんにはわれわれのようなしがない職人の心意気はわからんかもしれませんがね。そんな自分が、あんなに必死になって新しいマスクを作ろうと頑張っている優介坊ちゃんの足を引っ張るようなことができるとお思いですか。優介坊ちゃんのあの情熱、がむしゃらさ、わたしもね、すっかり忘れていました。たぶん、新さんも同じだったんじゃないかねぇ。優介坊ちゃんがそれを思い出させてくれたんですよ」

正義は言い終えると、ふーっと大きく息を吐き、目に涙を潤ませた。

新一郎は人より少しでも早く出世して、地位と金を得ることばかりを考えていた。マスク屋の息子で終わるなんてまっぴらだと思っていた。だから職人の気持ちなどわかろうとしなかったのも事実だ。見て見ぬふりをしてきたのかもしれない。

正義の言葉は新一郎の心の奥深くまで届き、突き刺さった。

「専務さんは本当に偉いですね」

雪花は言葉に反して、あきれたような声を出した。

「これぞ日本人の鏡ですね。でもねぇ、あなた、損をします。ボーナスもマンションも手に入らない。だから、あなたバカです。日本人はみんなバカです。なぜならね、もう少ししたら中国人が日本の全てを買います。工場もビルもマンションも、観光地や農地もね。魚や水もすべて買い占めます。今の日本人はそれを止めることができないね」

ホッホッホと乾いた声で笑い終えると、真顔に戻った。

「わたし、たった今、専務さんの話を聞いてはっきりと決めました。ますます丸福マスクが欲しくなりました。他の中国人に丸福マスクを乗っ取られる前にわたしが買います。もうすでに中国の工場に『男前マスク』と『王女のマスク』の模倣品を作るよう命じています。中国人は物まねがうまいです。昔の日本人もそうだったんでしょう。でもね、中国人の方がもっともっとうまいです。だから、模倣品はいくらでも作れます。だれも止めることはできない。そうなったら丸福のマスク、ぜんぜん売れないですね。そうすると……、もう、おわかりですね。必ず、丸福マスクは潰れます。いえ……」

雪花はいったん言葉を切り、ひと呼吸おくと、自信たっぷりに断言した。

「丸福は、必ず潰してみせます」

雪花はなりふり構わず、冷ややかな言葉を浴びせると、すっと立ち上がった。そして、まだ言い足りないのか、

「専務さん。丸福を潰したあと、あなたを雇ってあげますよ。その時、あなたは後悔するでしょう。そして、わたしに跪《ひざまず》き、わたしが間違っていたと、許しを請うでしょう。その時が楽しみ

ですね。待っているわ。

それと、新一郎さん。あなたはまったくの見掛け倒しですね。もう少し骨があると思っていましたが、ほんと大したことないね。あなたもつまらないリーベンレン《日本人》の一人だったということね」

雪花は再び、ふっふっふと不吉な笑いを残し、人気のないラウンジを出て行った。その後ろ姿は余裕すら感じさせた。

新一郎はゾーッと青ざめた。暖房が効いているはずなのに得体の知れない恐怖で体を震わせた。

正義は眉間に深い皺を刻み、唇をギュッとへの字に結び、雪花の背中を黙って睨みつけていた。

臨時役員会議

茂は『男前マスク』と『王女のマスク』の模倣品の対策を相談するため、以前勤めていた佐藤シニアパートナーの事務所を訪れていた。久しぶりに六本木にある高層ビルの煌びやかな応接室に座っていると、自分がまるで場違いなところにいるような落ち着かない不思議な感覚にとらわれた。

佐藤に新開発したマスクの実用新案や意匠、商標などの権利を取得したこと、模倣品が次々に出現していること、そのたびに警告書を出したが目に見える成果が出ていないことなどを説明した。

佐藤はこの世界で何十年も第一線で活躍しているだけあり、模倣品対策は何度か経験があるという。

「しかし、今回のようなしつこい模倣犯は聞いたことがないなあ」

佐藤もその執拗さに首を振りつつ呆《あき》れている。

「偽物を販売すること以外にも何か思惑があるように思えるが、それはどうなんだい」

「多分、丸福さんを潰そうとしているのだと思います」

「つぶす……。それはまた大変な事件に巻き込まれているんだな」

佐藤はしばらく考えたのち、続けた。

「ところで模倣品はどこで作られているのかわかっているのか」

「中国の福建省のあたりではないかと思っていますが、正確には……」

「中国での権利はないのだな」

「ええ、ありません。今の丸福さんの状況では外国までの出願はとても無理かと……」

佐藤は時間を惜しむように矢継ぎ早に質問した。

「模倣品対策で一番大事なことは何だかわかるか？」

茂は頭をひねり考えた。出た答えは、「いいえ」と首を左右に振るしかなかった。

「簡単なことだ。それは元を断つことだよ」

「元を断つ？」

「そうだ。一番いいのは偽物の製造を阻止することだ。しかし、今回は中国で製造されているが、中国で権利がない。だからそれはできない。だとすると、偽物が海外から入り日本市場に拡散する前に阻止するしかない。入り口で食い止めることだよ」

「入り口ということは港で、ですか」

佐藤は空港もあるがと頷き、続けた。

「税関に行って認定の手続きをして、模倣品の輸入を止めてもらえばいい。模倣品を侵害疑義物品というが、本物とそれの意匠権や商標権の権利書を持って税関に申請すればいい。そんなに難しくないよ」

佐藤はにんまりと余裕の笑みを浮かべる。

一方の茂は、そんな手続きをしたことがなく、不安でいっぱいだ。上目使いに佐藤を見た。

「どこの税関へ行けばいいんでしょうか」

「関東地方で模倣品が出回っているのなら東京か横浜、場合によっては名古屋か大阪かもしれないが、とりあえず留目君の事務所から近場の税関に届けておけば、あとは税関で手配してくれるはずだ」

「名古屋か大阪だとしたら、そちらに出向く必要があるんですよね」

「そりゃ、そうだが、北海道や沖縄よりはましだろう」

茂は、わかりましたと首を縦に振る。

「まあ、それは可能性としてあるということだ。そんなことはめったにないから安心しろ。ともかく横浜の税関に出かけてはどうだ」

佐藤は右から左に処理するように、いとも簡単だとばかりに言う。

茂は心細そうに頷いた。

「気が進まないなら、クライアントに断ればいいじゃないか。あとはわたしが引き継いでやるよ」

佐藤は茂の覚悟のほどを知りたいのか、それとも面白そうな事件だと思い、触手を伸ばしてきたのか、それはわからない。

だが、茂は佐藤と目を合わせると、首をゆっくり左右に振った。

茂は佐藤のアドバイスを得て、翌日、香織とともに横浜税関に出かけた。

関内駅南口を出て、右手に横浜スタジアムを見ながら真っすぐ海の方に向かって十分ほど歩いて行くと、イスラム寺院を思わせる緑色のキャップを被った塔が見えてくる。

「あれが『クイーンの塔』と呼ばれ、横浜のシンボルとなっている横浜税関だ」

茂が指さした。

「へぇー、ここがそうだったんだ。横浜に来たとき、変な建物という記憶はあったんだけど、ぜんぜん知らなかった」

と、香織は驚いている。実は、茂も今回のことがなければ知ることもなかったに違いない。

横浜税関は大正十二年の関東大震災の復興事業として当時の大蔵大臣高橋是清《たかはしこれきよ》の、「失業者救済のための土木事業を起こすべき……」との一言で、昭和七年に完成したという建物だ。ちなみに、高橋是清は初代の特許庁長官を勤めている。

正面玄関に着くとロマネスク様式の三つのアーチが迎えてくれる。扉を開け中に入る。天井が高く、少しひんやりとした空気が覆い、しっとりと落ち着いた雰囲気だ。とても偽物を取り締まるところとは思えないエキゾチックな雰囲気さえ漂わせている。

受付カウンターに進んだ。香織もカバンを胸に抱え、緊張しながら後をついてくる。

茂は受付で模倣品の輸入の差し止めをお願いしに来ました、と告げた。

受付の女性は紺のスーツの制服をきっちりと身にまとい、格好よく決まっている。

香織はカバンから『男前マスク』と『王女のマスク』とスーパーで手に入れた偽物のマスクをテーブルに並べ、意匠や商標、それに実用新案の権利書を取り出した。そして、提出書類を受け取ると必要事項を記入し、手続きは一時間足らずで終えた。

受付の職員は、受理までにひと月ほどかかりますと茂たちに伝えた。

受付カウンターを離れると香織が茂にそっと近づき、耳打ちする。

「せんせー、ひと月もかかるなんてやっぱりお役所仕事ですね。もっと早くできないのかしら。こちらの本物を見れば偽物なんて一目瞭然じゃないですか」

香織は優介の気持ちを慮《おもんばか》ったのだろうか、明らかにイライラしている。

「確かにそうだけど、いろいろと手続きは必要だろうし、役所にしたら早い対応だと思うよ。特許庁なんて一年や二年ざらにかかるからね」

「へー、そういうもんですか。税関さんには頑張ってもらわなくっちゃあね」

香織は納得したのか、後ろを振り向くと、深くお辞儀をした。

横浜税関は港に面しており、目の前が大桟橋埠頭、右に行けば山下公園、左に進めば赤レンガ倉庫へとつながっている。茂は久しぶりにやってきた横浜の景色を楽しみながらぶらぶらと歩いていた。

するとと、香織が、

「せんせー、お腹すきました。もう緊張しちゃってて、朝から何にも食べてないんです」

「確かにお腹すきましたね」

茂も税関で手続きするのは初めての経験で、朝から何にも口にしていないことに気が付いた。しばらく二人並んで歩いた。

「せんせー、あのお店、素敵じゃないですか」

キョロキョロしていた香織が立ち止まって、向かいの通りを指さした。

横浜らしいおしゃれな店が見える。重厚な木枠に大きなガラスが嵌められ、ドアの前に緑の大きな鉢植えが置かれているが、茂は何の木か知らない。

ちょっとリッチな、そして優雅なランチを香織と二人で楽しむことになった。

二人にとってほんのつかの間の心安らぐ時間だった。

＊

ちょうどそのころ、丸福マスクの会議室では臨時の役員会議が行われていた。社長の福田新造。専務の工藤正義。取締役で妻の夕子と長男の新一郎。今年開発部長になった優介。それにK信用金庫M町支店長の安田が参加し、この六人が一つのテーブルを囲んでいる。オブザーバーとして市場開発部部長の植田が安田の後ろに控えて座っていた。

議長の新造が今後の経営方針について話し合う会議の開始を宣言し、話を続けた。

「開発部長が新たに作った『男前マスク』と『王女のマスク』は発売当初、値段が高額のためか、なかなか売り先が見つからず苦戦していたが、皆さんがすでにご承知のようにテレビに取り上げられてからは順調に売り上げを伸ばし、丸福の業績に大きく貢献してきました。しかし、ここにきて突然、いくつもの模倣品が出回り、業績は落ちています。これへの対策と今後の丸福の経営をいかにすべきかについてご意見をお聞かせください」

新造が言い終えるのを待っていたかのように安田が挙手し、発言を求めた。

「最初はテレビのおかげで売れていた。でも、そのブームが去ると、今度は模倣品が出回り、ダメになった。これでは今までと何ら変わらないじゃないですか。いくら新しい商品を開発しても簡単に真似される、マスクなんて所詮はその程度の物なんですよ。丸福さんが今後どのようなマスクを作られてもこの先同じでしょう」

安田は辛らつなことを滔々《とうとう》と述べる。そして、一段と声音を上げて続けた。

「すなわち丸福さんが、今後いかなる経営方針を打ち出されようとも、この状況を打開できるとは到底思えません」

そう言い終えると、パイプ椅子に背中をぶつけるように、ドカッと座った。

「だから、この状況をどう乗り切るか、今後どうすべきなのか、さらには、強い経営体質を作るにはどうしたらよいのかを相談しとるわけでしょうが」

新造は怒りを抑えながら、絞り出すようにして言った。

「弊庫といたしましては正直なところ、儲《もう》からない事業からは早期に資金の回収を図れというのが新頭取の方針でしてね。わたしの立場としてはそれに従わざるを得ないのです。そこのところを丸福さんにもご考慮いただきたい」

「考慮するとはどういうことだ」

安田は、ゴホンともっともらしく咳払いをすると、

「以前にもお話させていただきましたが、こちらにご融資している一億五千万の返済を、そうですね、ふた月、いや、み月でお願いしたい」

安田は慇懃無礼な言い方をした。

「とてもじゃないが、ふた月やみ月なんて無理ですよ。あんただってうちの経営状況を知ってるはずだ」

正義は怒りを抑えきれず、語気を強めた。

「専務さんね。知っているからこそ、申し上げているのですよ」

「うっ……」

「わたしはあくまでも弊庫の方針をお伝えしたまでです。わたくしは地域の発展を応援するためにもこれまで通り、丸福さんとお付き合いしたいと、そう願っております。だからこそ、この会議でわたくしどもに納得できる事業戦略をお示しください。勝算ありと判断できれば、もちろんのこと、ご融資は継続させていただきますし、さらに素晴らしいものならば増額も検討させていただきます」

安田は頬を緩め、それができるのか、と言わんばかりに目を透かした。

優介は崖っぷちに追い詰められた。ふと、いつか見た崖から突き落とされる悪夢を思い出した。苦心して作り上げたマスクもいとも簡単に模倣品が現れた。その対策としてせんせーが販売元に警告状を送り続けているが、はっきりとした効果はまだ目に見えてこない。偽物が波状的に襲い、市場を無法者のごとく荒らしまわっている。売り上げは大幅に落ち込み、あの熱狂から見れば惨憺《さんたん》たる様相を呈し始めている。たったのひと月とはいえ瞬間的に赤字にもなった。このままの状況が続けばその先にあるものは、誰の目にも明らかだ。

「ご発言がないところを見れば、よい手立てがないようですな」

安田は皮肉な笑みを浮かべた。

「だからそれを話し合うために、皆に集まってもらっているんだ」

新造は苦しい胸の打ちを吐露した。

「前回も申し上げましたが、マスクのようなローテク製品は、もう日本で作ること自体、時代遅れなのではないですか」

「そんなことはない」

新造は反射的に言い返したが、確たる根拠もなく、言ったセリフが宙に漂った。

安田は白い壁に囲まれた会議室をゆっくり見回すと、

「ところで、丸福さんを買いたいというお話があるそうじゃないですか」

これまで下を向いてじっと聞いていた優介が顔を上げ、目を見開いた。

——何のことだ。

「新一郎さん。どうなんですか」

安田の視線は新一郎を捕らえている。

新一郎は仕方がないといったふうに、深々と座っていた背もたれから背中を離し、両腕を机に投げ出すと、前のめりになった。

「半年ほど前になるかな、ある中国人バイヤーがわたしの所を訪ねてきたのは事実です。北京や南京での大気汚染は酷い状態だから、子供や妊婦たちを大気汚染から護りたい。だから高性能のマスクを製造する工場と技術が欲しい。それでわたしに相談に来たというわけで……。この話は社長も専務もご存じのことです」

いったん言葉を切り、椅子に深く座りなおすと、

「しかし、その話はなくなりましたよ」

新一郎は肩を落とし、目は天井のあたりで彷徨《さまよ》っていた。

「なくなった……」安田はさも残念そうに顔をゆがめた。

「それは誠に惜しいことをしましたな。てっきりそういう話になるかなと期待しておりました。その売却費で弊庫への返済も可能だったでしょうに。確かその費用でマンションをお建てになるというようなことも漏れ伺っておりました。２０２０年の東京オリンピックに向けてますますマンション需要は高まるでしょう。こちらは東京へ通うのも便利ですし、駅から歩いて十分もかからない距離ですしね。なんといってもロケーションがいいですよ。わたしも一室購入したいくらいです」

はっはっはと、寒々とした会議室に乾いた笑い声を響かせた。

みな押し黙ったままで、白けた空気だけが流れていた。

安田はもうこれ以上議論することもなくなり、新造の顔をちらりと見た。

新造は両手を握り、肩を怒らせ小刻みに震えているようだった。会議室は凍りついたままだ。

安田の後ろで控えていた植田がそーっと挙手をし、発言を求めた。

「『男前マスク』と『王女のマスク』は特許や商標はお取りではなかったのですか」

優介は突然、自分が指名されたように、がたんと椅子を鳴らして起立した。

「と、特許も商標も、それに意匠も取りました。実案も出しました」

「じつあん。ああ、実用新案のことですね」

「そ、そう、それ。ちゃんと取ったよ。偽物の対策も、警告状を出してる。でも、次から次へと別の偽物が出てきて……。それから、えーっと、留目せんせーがきっと、何とかしてくれる……」

「とどめ先生、と言いますと」

「この町にある特許事務所の先生です。きっと解決してくれるはずだから、それまで待ってください」

優介は必死の形相で、植田に向かって深々と頭を下げた。

「わたしに頭を下げられても。開発部長のお気持ちはよくわかりました。支店長、もう少し猶予はならないのでしょうか」

植田からの意外な助け舟ともいえる発言だった。信用金庫という組織は一枚岩ではないのか。ひょっとして植田は俺たちの味方なのか……。

「君は余計なことを言わなくていいんだ。実案かなんか知らんが、模倣品はどんどん出回っているんだろう。何の役にも立っていないという証左ではないか」

そう問い詰められると植田とて黙る以外にない。

「開発部長さん。せいぜい頑張ることですな」

捨て台詞《ぜりふ》を残し、安田は出て行った。植田は慌てて安田のあとを追いかけ、ドアの前で振り返ると、優介たちに向かって深々と頭を下げた。

二人の姿が見えなくなると、一言も声を出さなかった夕子が、一つ離れて座っている新造に向かって、小さな震える声で訊いた。

「う、うちの会社、潰れるんですか」

「そんなこと……、わからん」

新造は答えるのも面倒臭そうに言った。

「だって、さっき支店長さんが……」

当然とも思える夕子の質問に、もはや誰も答えることもできず、再び冷たい静寂が襲った。

それを破ったのは正義の声だった。

「奥さん。そうならないようにわたしたちは頑張っています。もう少しの辛抱です。こんなこと、これまでに何度もあったじゃないですか。それに社長や優介坊ちゃんが必死に頑張っています。われわれも頑張っています。だから何とかなりますって」

とは言ったものの、苦しい状況は何ら変わらない。

「おじさん、母さんに辛抱だの、何とかなるなどと言ってるけど、気休めでしかないでしょう。もはや精神論を言っても解決しませんよ。具体的にどうするかです」

新一郎は正論をぶつけてくる。

「それは、開発部長のマスクに期待するしか、今のところは……」

「優介のマスクは偽物だらけでどうしようもないじゃないか。実は俺もね、特許があれば大丈夫、何とかなると思っていたけれど、実際はそうでもないんだなぁ。優介、本当に何とかならないのか」

新一郎の最後の言葉に、みんなの視線が優介に集中した。

優介はこれまで自分が丸福の将来を決める立場になるなんて考えたこともなかった。だから、急に心臓の鼓動がドキドキと早まった。

「ああ、に、偽物は……、俺がきっと何とかする」

優介は何の当てもなく呟くように言うと、ギュッとこぶしを握った。

＊

それからひと月近くが過ぎた。

待望の横浜税関から茂のもとに呼び出しを求める通知書が届いた。そこには、貴殿から輸入差し止めの申立てのあった『男前マスク』と『王女のマスク』に類似のマスクが輸入されているので確認して欲しい、と記されていた。

茂は優介と香織の二人と連れ立って、指定された日時に横浜の埠頭にある倉庫に来ていた。

二人の税関職員が倉庫の前で三人を迎えてくれた。一人の女性は事務官で、茂と同い年ぐらいだろうか、真っ白なブラウスに、紺のスーツと紺の帽子を被っている。きりっとした印象で、女性事務官は、自分は主査の木崎翔子《きざきしょうこ》と名乗った。

もう一人は男性で、入関後、二、三年と思われる若手の事務官で、係員の川上涼太《かわかみりょうた》と名刺に記され、長身のさっぱりとした清々しい印象を与えた。

木崎の案内で倉庫内の長机に案内され、模倣品と思われるマスクを見せられた。

「こちらが御社から申請のあったマスクの模倣品と思われるものです。間違いないでしょうか」

茂は長テーブルに整然と並べられた模倣品を食い入るように眺めた。『男のマスク』と『女王のマスク』だった。

「ま、間違いないです。こいつに俺たちのマスクが滅茶苦茶にされたんです」

優介は両手を握り締め、ぐっと奥歯をかみ締めた。香織も机上の偽物をじっと睨みつけた。

「それではこの疑義物品の輸入の差止めを申請されますね」

税関職員も偽物が摘発でき、誇らしいのだろう。上川係員が爽やかな笑顔を作り言った。

優介は「もちろんです」と大きな声で答え、その声が倉庫内を突き刺すように響いた。

茂も香織もその声につられるようにして、何度も大きく首を縦に振る。

木崎主査は表情を変えることなく、事務的に業務を進めて行く。

「輸入元にも本件に関し連絡を取り、差し止めに対する意見を聞きます。その結果は改めてご連絡いたします」

「木崎さんと上川さんはこの『男のマスク』と『女王のマスク』をどのようにお考えですか」

と、茂は思わず尋ねていた。

「自分たちは判断する立場にありません」

冷ややかと思えるほどに淡々と答えたあと、

「あくまでも個人的にですが、これまでの事例からいって、明確な模倣品と認識しています」

木崎は茂の目を真っすぐに見て答え、ほんの一瞬頬を緩めると元の毅然とした態度に戻っていた。


横浜税関を訪れてからひと月が経とうとしていた。

「せんせー。木崎さんからうんともすんとも何の連絡もないですね。まだ時間がかかるのでしょうか」

机に両肘を突き手のひらに顎を乗せ、気だるそうに訊いた。

「うーん、そうですね。気になっているんですけど……。香織さんはどう思いますか」

「模倣品と認定されるかどうかですか」

茂はこっくりと頷く。

「あれは酷いですよ。絶対に偽物です。あれが偽物でなかったら、この世から本物がなくなりますよ。そうでしょう、せんせー」

香織が憤慨気味に話したとき、机上の電話がけたたましく鳴った。

香織はビクッと肩を震わせ、咳払いひとつして受話器を取った。今話していた木崎からだった。

「せんせー」

あわてて電話を茂に代わる。香織は茂の表情をじーっと見つめた。

「はい……。はい……。そうですか、わかりました」

ご連絡ありがとうございました、と茂は固い表情で受話器を置いた。

香織は大学受験の発表日のようにドキドキと胸を高鳴らせながら茂の言葉を待つ。まさか、の心配がよぎる。待ってる時間が長い。ジリジリした。

「せんせー」

「模倣業者から本物との違いを説明した反駁書が出されたそうです。でも、税関ではその反対意見に賛同できないと判断したようです」

「それって、偽物だって認定された、ということですよね。うちが勝ったんですよねー」

香織は茂の顔をのぞき込むようにして何度も念を押した。

「そう考えていいと思います」

茂はそう答えると、じわじわと喜びがこみ上げてきて、似合いもしないガッツポーズを静かに作った。

そして、その静寂を破るように二人は同時に、ばんざーい、ばんざーい、ばんざーい、と両手を挙げて息が切れるほど歓喜をあげた。

茂は木崎からの内容をすぐさま優介に伝え、「勝ったよ」と言った。その途端、受話器の向こうから優介の「ばんざーい」と叫ぶ声が何度も何度も聞こえてきた。

優介の嬉しさは茂や香織以上に違いない。

茂は初めて模倣品の輸入を差し止めと、その販売を阻止することができた。クライアントの要望に応えることができ、弁理士としてこれ以上の喜びはない。そして、今回出願した意匠や商標がやっと役に立ち、ほっとして肩の荷が下りた。

香織は特許や実用新案、商標や意匠の調査だけでなく、マスクの名前も考えた。模倣品の輸入差止めにも貢献できた。やれることは全てやった。スリー・ワイでも経験のない、生まれて初めて味わう達成感だった。この上ない充実感に満たされた。体も心もすーっと軽くなり、なんとも言えない心地よさに包まれた。

優介とは仕事を終えてから居酒屋『兆治』で祝杯を挙げることにし、電話を切った。

しかし、そんな時間まで待ってられない。茂と香織はバタバタと机の書類を片付け、パソコンの電源をオフにした。四枚あるガラス戸のカーテンを引き、事務所の蛍光灯を消した。

その時、鳩時計の鳩がバンザーイ、ホッホー、バンザーイ、ホッホーと鳴いた。

香織は鳩時計を見上げ、首を傾げたが、

「さあ、急ぎましょう」

茂の掛け声に香織も、「はい」とにっこり笑いながら元気よく返す。

「ねぇー、せんせー。こんなに早い時間に兆治さん、開いているんでしょうか」

ふと気がついたように香織が問いかけた。

「ああ、そうですね。まだ、こんなに明るいですからね」

と、心配しつつ、二人は真っすぐ兆治に向かった。

兆治の看板が見えてくると、縄暖簾がすでにかけられている。茂はゆっくり扉を開け、顔をのぞかせ、店の中を見回した。こちらを振り向く人がいた。目線が合った。

「ゆ、優介さん」

「どうしたんですか、こんなに早く……」

香織が茂の脇から顔をにゅーっと出し、素っ頓狂な声をあげた。

「ああ、せんせー、香織さん。嬉しくて、もう、じっとしていられなくて。女将さんに連絡して、店を開けてもらったんだ」

カウンター越しに女将さんが、

「そうなのよ。なんだかいいことがあったんだってね。優ちゃんにね、さっき電話で頼まれたのよ。長い付き合いだからねー。仕込み中でいいならって言ったら、すっ飛んで来たみたいよ。さっきからそわそわして座ってるわよ。それで何があったのよ」

女将さんは興味津々《きょうみしんしん》にエプロンで手を拭きながら調理場から出てきた。カウンターの中ではおでんの鍋から湯気がほんわかと立ち登り始めている。

「優介さんが開発したマスクの偽物が差し押さえになったのです」

香織が誇らしげに説明した。

「あたしは学がないからね、難しいことはわかんないけど、それは良かったわね」

「はい」

香織はにこにこしながら声を弾ませた。

調理場の奥から親父さんの声が飛んできた。

「おい、おしゃべりしてねぇで早くビールを出さねぇか」

「はい、はい。わかってますよ。いま、出しますから」

女将はいそいそと調理場に戻り、生ビールのジョッキを三杯運んできた。

「それは俺からのおごりだ。飲んでくれ」

兆治の親父はしかめっ面のままだが、あたたかさが伝わってくる。

「なに言ってんだよ。これはあたしんからだよ」

「なんだとう。じゃあ、次の一杯は俺からの祝いだ。ならいいんだな」

「あいよ。それでこそあたしの父ちゃんだ」

親父さんと女将さんの掛け合い漫才が早くも始まった。地元の馴染み客はこれを楽しみにやってくるのかもしれない。気さくな人柄で人情味あふれている。この下町で泣いたり笑ったり、皆それぞれの人生があり、ドラマがあるのだろう。そんな癒《いや》しの場が居酒屋『兆治』なのだ。

三人は出されたジョッキを勢いよく重ね乾杯した。しかし、晴れやかなはずの優介の顔が少し曇るのを香織は見逃さなかった。

「優介さん、どうかしました？　何か気になることでも」

優介はコトンとジョッキをテーブルに置いた。この小さな音が優介の心に潜んでいた不安を煽り立てた。

「せんせー。これで俺の工場大丈夫なんですよねぇ。マスク、売れますよねぇ……」

優介は偽マスクの販売が食い止められたことを聞いたときは、素直に嬉しくて喜んだ。だが、その喜びがひと段落すると、今度は言いしれぬ不安が顔をのぞかせたのだ。

「そうですね。今回の模倣品の『男のマスク』と『女王のマスク』は輸入も販売もできません。ですからドラッグストアやコンビニから駆逐されるでしょう。でも……」

「でも、なんですか」

優介は問い直した。

香織は、これで大丈夫のはず、マスクは以前のように売れる、と思っていた。他に何があるのだろう。不安が広がる。ジョッキをテーブルに音をたてないようにそっと置くと茂の口元を見つめた。

「今回の模倣品はもう安心していいと思います。以前にもあったように次から次へと似たような模倣品が出てきたときにどうなるのか。それが分からないのです」

「そうなんですか。まだ続くんですか……」

「それは何とも言えません」

模倣品を撃退したお祝いのはずだったのに急に雲行きが怪しくなってきた。

「ねえ、二人とも元気出してくださいよ。出てくるかどうかわからない偽物を心配しても仕方ないですよ。今日はそんなこと忘れて飲みましょうよ。ねえ、せんせー、優介さん」

香織はぐいっとジョッキを持ち上げ、茂と優介のジョッキにガチン、ガチンと合わせると、カンパーイと元気よく言い、ぐいぐい喉を鳴らしてジョッキを空《あ》けた。

ふーっと大きく息を吐くと、明るい声で、「おじさん、おかわりお願いしまーす」と声を張り上げた。

香織は二人の気持ちを盛り上げようと必死だった。これまでの自分だったら、みんなの輪の外で影のようにひっそりと見守っているだけだった。それが今夜の自分は先頭に立って盛り立て役をやっている。自分でも不思議だったが、心は満たされている。茂と優介は香織のおかげで元気を取り戻し、三人の気持ちは再び一つになった。

そしていつの間にか、三人は肩を組んで大きな声で歌を歌っていた……。やがて、茂の記憶が飛んだ。

茂が薄目を開けると、薄汚れ見慣れた天井がぼやけた画像のように目に入ってきた。着の身着のままで布団に倒れ込んだようだ。

茂はぼんやりと霞のかかった頭で考えた。佐藤・木村特許事務所に勤めていたころは、お酒を飲んで記憶をなくすようなことはなかった。肩を組んで歌うなんて、学生時代を通じてもまったくなかった。というか、知らないうちに仲間から離れ、一次会が終わるとそのまま家路についていたというのが本当のところだ。だから昨夜のようにみんなと肩を組んでわいわい喋って、歌を歌ったなんて、正直信じられない。人と交わるのが苦手な自分が香織や優介と意気投合し、飲み明かしたなんて……。

茂は自分が本当に変わりつつあることを実感した。

そう思うと、両手両足をぐっと大きく伸ばした。あっ、まずいと思ったが、両足ともに攣ることがなかった。腰痛がよくなったのだろうか。もう一度先ほどより強く伸びをした。右腰にピリリとした痛みが走った。急いで力を抜く。

茂の腰痛との闘いはまだまだ続くようである。

偽物の『男のマスク』と『女王のマスク』が市場から姿を消すと、丸福マスクの売れ行きが回復し始めた。とりあえずホッと胸をなでおろしているところへ、今度は神戸の税関から呼び出しを求める通知書が届いた。

茂と香織は直ちに行動を起こす。新幹線のぞみに飛び乗り、大阪に向かった。ＪＲ三ノ宮駅で下車し、中央口から延びるフラワーロードを南に下る。十五分ほど歩いたところに近代的なビルが目に飛び込んでくる。ここが神戸税関だ。玄関受付を経て、小さな会議室に通された。テーブルの上に模倣品と思われるマスクが並べられている。香織がカバンから本物の『男前マスク』と『王女のマスク』を取り出し、見比べた。マスクの右上の隅に直径七ミリの丸福のロゴマークを真似たマークが立体印刷されている。一目見ただけで模倣品とわかる。左上にはウサギのアップリケが縫い付けられている。これも加奈女が描いた意匠を真似たものだった。

この疑惑品の輸入の禁止と販売禁止の仮処分手続きを行った。この偽物は港の倉庫を出ることなく、販売を未然に阻止することができた。

次に発見されたのは夏真っ盛りの長崎からだった。東京とは異質の暑さに汗をだらだら垂らしながら長崎税関で手続きを済ませた。茂と香織はその足で、長崎平和記念公園に向かい平和記念像の前で神妙な面持ちで手を合わせた。

香織は平和への祈りとともに、もう模倣品は出ませんようにと神様にお祈りをした。

長崎を訪れてからみ月になろうとしていた。もうこのまま何も起こらないだろうと思い始めたころ、今度は、函館から召喚を求める通知書が届いた。愕然とし、巨大な疲れが襲ってくる。

香織の平和記念公園でのお願いは、神に通じなかった。

――うっ、またか。

茂は正直うんざりした。優介には、函館に行ってくるとだけ伝え、香織と二人で羽田から飛び立った。函館空港までは一時間半のフライトだ。茂と香織はリムジンバスで函館駅に向かい、東口からタクシーで北に延びる五号線を進み、七分ほどで港にポツンと建つマッチ箱のような白い四角い建物の前に着いた。ここが函館税関だ。いかにも役所風の殺風景なコンクリートの建物だった。

函館税関でも同じように輸入の差し止めと販売の禁止を申し出て、手続きを終えた。四回目ともなるとさすがに手馴れ、事務的に淡々とこなした。税関を出てひとつ背伸びをし、腰を伸ばした。港からは冷たい風が吹いてくる。朝、東京を出たときは小春日和を思わせる日差しがあったのに。茂には、この風は真冬を思わせ身に染みる。襟元をぐっと手繰《たぐ》り寄せた。

「いつまでこんなことが続くのでしょうか」

タクシーを待ちながら、両手をポケットに突っ込んだ香織が呟くように訊いた。

「わかりませんねー」

投げやりな返事になった。

「多分、東南アジアのどこかで誰かが作っているんでしょうけど。いくら偽物を作っても日本に持ち込めないんだから、相手だってそのうちに諦めると思うけど、ここはぐっと我慢のしどころ……」

香織に言っているのか、それとも自分に向かって言い聞かせているのか、茂もよくわからなかった。

茂にしても偽物とは一日でも早くおさらばしたかった。模倣犯との根比べはいつまで続くのだろうか。

「そうですよね。あたし、絶対、諦めませんから」

香織は固い決意を示すと、ふーっと大きく白い息を吐いた。吐き出された白い息は潮の香りを含んだ浜風に、あっという間にかき消されてなくなった。

「厳しい予算ですけど、せっかく函館に来たんだからちょっと観光して、美味しいものでも食べて元気を出しましょうか」

茂が声をかけると、香織の顔が一瞬にして華やぎ、

「やっぱり、そうですよねー」

と言うと、肩にかけたトートバッグから『北海道道南ガイドブック』を取り出し、さっとペー

ジを捲《めく》った。

「ここに行きましょう」

指さしたところは函館山だった。茂は大きく頷いた。

函館山へはロープウェイで登った。山頂はすでに何組ものカップルや大勢の家族連れでにぎわっていた。

展望台から函館の街の細くくびれるような湾の形や港に泊まる観光船の優美な姿が遠くに薄く見える。山頂に吹き上げる風は冷たい。

香織は展望台の手すりをつかんで大きく息を吸い込んだ。

「気持ちいい」

香織の長い髪が山の裾から吹き上げる風に舞い、たなびいている。冷たい風が火照った頬に当たり心地よい。

二人は函館の街を見下ろしながら今後のことを考えていた。

奈々美

茂と香織が函館に発つ前の日のこと、優介は中央病院に入院している奈々美を見舞いに行った。奈々美専用の替えマスクを届けるためである。もう十回近くになるだろうか。奈々美を見舞うと言いながら今では加奈女に会えるのも密かな楽しみになっていた。

奈々美にヒントを貰って完成した『男前マスク』と『王女のマスク』には加奈女がデザインした動物や花、昆虫のマークが縫い付けられている。

マスクの表面《おもてめん》と裏地《うらめん》は今治産の赤ちゃん用のガーゼを用いているが、色はピンクだったり、グリーンだったり、黄色だったりで、みなそれぞれ淡いパステルカラーに染められている。中間層は、ＢＦＥ９９．９パーセント以上の白色の化学繊維でできた不織布が積層されている。この組み合わせが意匠的に思わぬ効果を生んだ。

今日持ってきた奈々ちゃん用のマスクは、薄いブルー地にトンボのマークが縫製されている。もちろんこのトンボも加奈女がデザインし、デフォルメしたものだ。

このデフォルメされたトンボがガーゼに縫い付けられ、マスクになると本当に青空を飛んでいるように立体的に浮き出て見えるのである。カエルなら今にもマスクから飛びでてきそうに身構えているし、お花ならすぐに手で摘めそうに感じるのだ。

病室に入ると奈々ちゃんは前回、前々回に見舞いに来たときよりも苦しそうで、ゼーゼーと喘いでいる。顔色も透き通るように青白くなったように感じるのだが、気のせいだろうか。

加奈女はベッドの傍で心配そうに奈々ちゃんの手を握っていた。

「加奈ちゃん。新しいマスク持ってきたけど」

「うん、ありがとう」

「奈々ちゃん苦しそうだけど、大丈夫？　具合悪いならマスクを置いたらすぐに帰るけど」

「ええ、大丈夫だと思うけど。苦しんでる奈々美を見ると辛くて……」

加奈女は奈々美から顔を背けると右手で目頭を覆った。

「加奈ちゃん、お兄さんがお見舞いに来てくれたよ」

「こんにちは。奈々ちゃんの新しいマスクできたよ」

「ああ、お兄さん。はやく、マスク、みせて」

ヒューヒューと喉が鳴り、弱々しい息とともに、細い腕が伸びてくる。

優介は真新しいマスクを袋から取り出すと奈々美に持たせた。

「今日のはねトンボさんのマスクだよ。お母さんが描いたトンボさんだよ。カッコいいでしょう。早くよくなって、トンボさんみたいに空を飛ぼうね」

「奈々ちゃんは人間だからお空はとべないよー」

小さな笑顔がこぼれた。

「ああ、そうだね」

優介は笑いながら、大げさに頭を掻いて見せた。

奈々美は優介のおどけた格好を見て再び小さく笑った。

「じゃあ、青いお空の下でお兄さんと一緒に駆けっこをしよう」

「う、うん」

「じゃあ、約束だよう」

優介が小指を出すと奈々美も小指を出し、二度目の約束げんまんをした。

♪うそついたら、はりせんぼん、のーます。ゆびきった。

指切りを終えると奈々美はコホコホと空咳をする。

「お兄さん。トンボのマスク付けて」

「ああ、いいよ」

優介は奈々美に静かにそーっとマスクを装着する。

「ちゃんと息ができる。気持ちいい……」

「よかったね、奈々ちゃん。お兄さんにお礼を言って」

加奈女は奈々美の手を包むように握り締め、静かに言った。

奈々美は小さく頷いた。

「おにいさん……、ありがとう」

「うん。今度は何がいいかなあ」

奈々美は優介の問いには答えず、

「奈々ちゃんね、お父さんの顔がね、よく思いだせないの。なんだか、こうぼ～としてるの……。奈々ちゃんのお父さん……」

奈々美は細い両腕を空中で何かをつかむようにふわふわと漂わせた。

加奈女は突然の奈々美の告白に胸を潰される思いだった。口元を手のひらでギュッと押さえ背中を向けた。

奈々美は父親がいなくても、普段はそれに触れることなく気丈にふるまっていたが、本当は父親を求めていたのだ。そう思い至ると加奈女は、申し訳ない気持ちでその場にいたたまれなくなった。奈々美に背中を向けたままそっと病室を出た。

奈々美はそれだけを言うと疲れたのだろうか、空中に差し出していた両腕を胸の上に力なく置いた。

優介はその腕を布団の中に優しく入れてやると、

「また、来るから、早くよくなってね」

と、奈々美に別れを告げ、足音をさせないように静かに病室を後にした。

ドアを閉め、廊下に出て数歩進んだところで後ろから、

「優ちゃん……」

泣き声を押し殺したような加奈女の声で呼び止められた。

優介は加奈女の声に嫌な予感が背筋を走った。こんな怯えは生まれて初めてだった。言いようのない不安を抱き振り向くと、加奈女は両手で口元を押さえ、俯いている。小刻みに肩が揺れているように見える。

加奈女に近づき、

「どうしたの……」自然と囁くような声になる。

ろう。

「……。」

「だいじょう……ぶ。加奈ちゃん」

加奈女は口を開こうとしない。沈黙が続く。加奈女は涙があふれ落ちるのを堪えているのだろう。

優介は加奈女が落ち着くまでじっと待っていた。

「優ちゃん。奈々美が……」

「奈々ちゃんがどうしたの」

加奈女はその先を言おうとしない。言葉に出すことを恐れているかのようだ。口元を両手で覆い、溜まっていた涙が瞳からひと粒、ふた粒と大粒の滴《しずく》となってぽとりぽとりと零れ落ちた。

廊下の先にベンチがある。加奈女の肩を抱き、そっとベンチに座らせた。

「加奈ちゃん……」

加奈女は頬を伝った涙を指先で拭うと、

「実は、奈々美は……」

優介は加奈女の肩をぎゅっと抱き、身を硬くして次の言葉をじっと待った。

「奈々美は……、奈々美は……、白血病なの」

「白血病……」、と鸚鵡《おうむ》返しに呟いたとたん、喉の奥に熱いものが込み上げてくる。

「もうだめなの……」

そういうと、再び口元を両手で押さえると、優介の肩に声を殺して泣き崩れた。ただ、静まり返った廊下に加奈女の嗚咽だけが静かに響いた。

それから数日して、優介のスマホが胸のポケットで忙《せわ》しなく震えた。優介は身体中に鳥肌が立ち、蟀谷《こめかみ》がピクピクと危険を知らせるアラームのように脈打った。

優介はマスクの試作機を止め、もどかしくスマホを急ぎ掴んだ。文字盤に加奈女の字が浮かんでいる。

「もしもし」

声をかけたが返事がない。もう一度声をかけようとしたとき、かすかにすすり泣く声が漏れてきた。

「加奈ちゃん。どうしたの。奈々ちゃんに何かあったの」

「……」

「加奈ちゃん、しっかりして！　奈々ちゃんのお母さんだろう！　奈々ちゃんがどうしたの」

「奈々美が……、なっ、奈々が、もうだめかもしれない」

「しっかりして、すぐ行くから」

優介はできたばかりの奈々美のマスクを掴むと、誰にも告げずに一目散に中央病院に急いだ。

奈々美は集中治療室に入っており、加奈女は酸素テントの中でぐったり力なく横たわる奈々美の手を握っていた。

優介は白衣に着替え、ヘアキャップとマスクを付けて治療室に入った。

優介が酸素テントに近づくと、奈々美が目を覚ました。酸素吸入用のカップ越しに呟いた。

「おにい、さん……。きょう、の、マスク、なに……」

「今日は奈々ちゃんの大好きなウサギさんだよ」

パステルグリーンのマスクに真っ白なウサギが元気よく跳ねている。

奈々美の顔の前で広げて見せる。奈々美は薄目を開けると、小さくうんと満足そうに顎を動かす。

「ななちゃんねー、いきがねー、……くる、しいの……」

優介は、うんうんとただただ首を振る。

「だからねー、ウサギさんのマスク、つけてー」

聞き取るのがやっとというか細い声に、優介は再び大きくうんうんと頷くと、酸素吸入のカップの上からウサギさんのマスクをつけた。

「あー、いきができるよ。きもちいい」

加奈女は奈々美の手を握ったまま、

「よかったね。息ができて、よかったねー……、奈々ちゃん」と話しかけた。

奈々美は優介に何か伝えようとしているのだろうか、何度か唇が震えた。

それは突然だった。まったく思いもしない言葉が耳に聞こえてきた。

「マスク、ありがと。おっ、おっ、おとうさん……」

優介は「あー、あー」と声を出し、頷くのが精いっぱいで、どうしたらいいのか、なんと言葉をかければいいのかわからず、涙が止めどもなく頬を伝い、うんうんと首を振る以外何もできない。何の言葉もかけてあげられないなんて、なんとも悔しくもどかしい。

加奈女ははっとしたように優介の横顔を見、そして奈々美の手を強く握った。

「お母さん。てがいたいよー」

「あっ、ごめんねぇ」

加奈女は慌てて握っていた手の力を緩めた。

「お母さん、ありがと。奈々ちゃんね、ねむくなったから、すこし、ねる、ねぇ」

奈々美はそう囁くように言うと静かに目を瞑った。

かわいい笑顔を浮かべると、静かに天国へ旅立っていった。

優介は流れる涙を拭おうともせず、拳を強く握り締め、ただ呆然と加奈女の傍で立ち尽くしていた。

リレーションシップ経営

優介たちが『男前マスク』と『王女のマスク』を開発してから一年半のときが流れた。マスクの売り上げは、テレビで紹介されたときのような爆発的な売れゆきは望めないが、どん底から徐々に回復し始めている。それにつれ留目特許事務所にも待ちに待った契約金が入金されるようになった。事務所を安定的に運営する金額にはとても追いつかないが、数字が記載された通帳を見ると、さすがにホッとする。

「せんせー、やっと事務所の売り上げが出ましたね」

香織はにこにこしている。その中には香織の取り分も、もちろん含まれている。

「これだけじゃあ、なんとも心もとないですが、これも香織さんのおかげです。これからもよろしくお願いします」

茂は香織に頭を下げた。

「あたしこそ……」

香織は茂につられるようにして、あわてて頭を下げた。満たされた暖かいほんわかとした時間が流れた。そのときだった。

ガラガラと扉が開く音がした。明るい外光を背に黒い影の男が立っていた。

＊

ちょうどそのころ、丸福では今後の経営方針の説明会が行われていた。メンバーは議長の新造、専務の正義、取締役の夕子と新一郎。それに開発部長の優介と、前回同様、K信用金庫からM町支店長の安田の六名と、オブザーバーとして植田市場開発部長が同席していた。

新造からこの半期の経営状況が説明された。

「『男前マスク』と『王女のマスク』は模倣品が出回り、大きく売り上げを落としていましたが、いまだ風評被害があるものの、スーパー、コンビニ、それにドラッグストア、問屋さんにもご理解いただき、ここに来て売り上げは順調に回復しています。このままゆけば従来どおり、いや従来以上の売り上げと利益を確保するのは間違いないでしょう」

優介の顔をちらりと見やるとそう締めくくった。

新造が言い終えると、直ちに安田が挙手した。

「売り上げが上向くという確かな根拠をお持ちなのですか。漠然とした見込みだけでは弊庫といたしましては、はなはだ心もとないとしか言いようがありません」

安田は右頬を少し上げ、薄笑いを浮かべた。

続いて新一郎が手を上げた。

「今回の模倣品はたまたま排除できたかもしれないが、今後あれ以上の偽物が出てこないという保障はないでしょう。偽物を作っている奴らだってこのまま黙っているという確証もない。あの手この手と考えてくるかもしれない。そのときはどうするのですか」

新一郎は冷ややかな笑いを浮かべる楊雪花の顔が目に浮かんでいた。

「それに『男前マスク』と『王女のマスク』だけに頼っていてはジリ貧になるのは明らかだ、やはり……」

「いやー、さすがですね。大銀行の融資課長さんはそのあたりのご事情はよくわかっていらっしゃる。今は凌《しの》げてもこれから二年先、三年先はどうなるのでしょうかね」

安田は議長席の新造に強い視線を送った。

「これからもまじめにコツコツとお客様のご要望、ご期待にお応えすべく、マスクを作るだけにならない。

「これは、恐れ入りましたなぁ。いまだにそんな経営理念を通されるおつもりですか。これまでにわたしが申してきたことをまったくご理解いただいていないようですね。これじゃあお話になりませんな」

安田は新造の話を時代遅れの精神論だと決め付けた。

「具体的な対策、根拠をお示しくださらないのなら、今日こうして集まった意味がございません。何の進展もないじゃないですか」

あまりにも厳しい指摘に、誰も発言しようとしない、いや、誰も発言できなかった。重苦しい時間だけが過ぎてゆく。会議は暗礁に乗り上げたかに見えた。

誰もがこの重苦しい雰囲気に堪えられないと感じ始めたとき、

「コホン」

と、もっともらしい咳払いが響いた。俯いてじっとしていた優介が顔を上げると、植田がこちらに強い視線を送ってくる。目と目が合うと植田は小さく頷いた。

優介は膝に抱えていた茶封筒からごそごそとＡ４の資料を取り出した。

「こ、これを見てください」

と、言うと立ち上がり、慣れない手つきで十数枚からなる冊子を全員に配った。

「優介、これは何の真似だ」

新造は聞いていないぞ、とばかりに不快感をあらわにした。

「俺なりに丸福の将来を考えてみたんだ。この資料で説明させて欲しい。お願いです。社長」

優介は新造に向って、深々と頭を下げた。

「おや、これは、これは。初めてですな、丸福さんの会議でこんなもっともらしい資料が出てくるなんて。では早速、拝見させていただきましょうよ。ねえ、社長」

新造は無視されたことに怒りを覚え、むむむ、と言ったきり押し黙ってしまった。

安田はお手並み拝見とばかりに、にやりとした。が、表題と数ページを手早くめくるにつれ、瞳孔を大きく見開き、表情が一変した。

――これは……。

一瞬にして感じるものがあったのだろうか。

資料には『丸福マスク経営戦略とリレーションシップ』と題されている。

「お、お手元に資料は届きましたでしょうか」

優介は緊張をほぐそうと、ふーっとひとつ深呼吸をした。

「それでは、俺の、いや、わたしの考える丸福の経営戦略をご、ご説明します」

えー。ゴホン。声が裏返るのをこらえながら、たどたどしい声音で説明を始めた。

「だ、第一に、えー、ゴホン。丸福は常に新しい機能、デザインを有する商品開発を行い、顧客満足度を満たし、競合メーカに対し一歩先を行く商品を開発します。すなわち、開発先行型の企業を目指します。これは、これまでの丸福マスクの理念と一致するものです」

優介は社長の新造に目をやった。そして、目を正面に戻すと続けた。

第二に、丸福はこれらの技術やデザインに対して特許や実用新案、意匠や商標を中心とした知的財産権を取得し、知財コンプレックスを構築することを最重要視した経営に転換していきます。

これからは、留目茂先生および朝井香織氏に知的財産部門に参画、ご担当いただきます。具体的には、企画開発段階から知財網を構築するために加わっていただき、この部門は社長の直轄部署といたします。

第三に、模倣品に対しては知的財産権を基に徹底的に戦い、強い企業イメージを作り上げます。

これは今回のような模倣品が市場へ参入することを阻止し、徹底的に排除することで丸福の利益を守ります。

第四に、事業領域を広げ、さらに強固な企業基盤を構築するために、他社とのオープンイノベーションを図ります。

これを推進するために保有する知的財産の有効活用を積極的に進めます。

この戦略を実行するためにも知財コンプレックスは重要であり、これらは今後の事業を発展させるためにも強力な武器となり得るはずです。

具体的には、すでに今治のガーゼメーカとのコラボの話が進んでいます。

第五に――」

優介は次々に新しい丸福の企業理念を発表していく。

新造、正義、もちろん新一郎も唖然として聞き入っている。

そして、優介は八ヶ条にわたる経営戦略の説明を話し終えるとふーっと大きく息を吐いて席に着いた。

パチパチパチと乾いた拍手が会議室に響いた。

「これは恐れ入りました。丸福さんからこんな立派なお話が聞けるとは、正直驚きました。どなたかからの入れ智恵ですかな」

安田は出席者全員をぐるりと見回した。この場で該当する者は一人を除いていないようだ。

「まあ、それはさて置き、とても立派な将来像で、素晴らしい事業戦略ですね。と、感心したいところですが、これは単に絵に描いた餅、画餅《がべい》じゃないですか。実際に実行できるという根拠をお持ちなのですか。先ほどのガーゼメーカさんとのコラボのお話も、海のものとも山のものとも今後どうなるかわかりませんよね」

安田は優介に厳しい視線を向けた。

優介は安田と目を合わせることなく、下を向き、ぐっと唇をかみ締めた。全員の視線が自分に注がれているのを痛いほど感じる。体が強張ったまま身動きができない。

そのとき、再び「ゴホン」と咳払いするのが聞こえた。目だけを無理やり上げると植田がこちらを凝視している。優介はぐいと顎を引き上げると、皆を見回した。意を決して、

「つ、次に『丸福のリレーションシップ経営』についてご説明します。えー、リレーションシップ、ご承知のように『関係する』、『関連する』という意味です。K信金さんとはリレーションシップ・バンキングをこれまで以上にお願いしたいと考えています。また、留目特許事務所とは知財のリレーションを構築してまいります。それから、スーパーさん、問屋さんなどとはリレー

ションシップ・マーケティングを、将来的には個人の商店さんにもお願いしていくつもりです」

「お前は自分が何を言っているのか、ちゃんと理解して話しているんだろうな」

新一郎は優介の突然とも言える豹変ぶりに大きな戸惑いを感じていた。

そして、新造はどう返答してよいのかわからない。ただ、優介の発言が悪い方向に向いていないことは理解できた。母親の夕子は、いったい何が起きているのかさっぱりわからなかった。ただ、夢の中の出来事のように感じていた。本当にあの優介なのだろうかと。

「兄さん、安心して。よく理解しているつもりだよ。だから、今日この場で提案させてもらっている」

優介の顔がキラキラ輝き始める。

「新一郎さん、優介さんの話を最後まで聞かせていただきましょう」

意外なことに安田が優介を援護した。

植田は優介に先に進めるよう手で促した。

「次のページをご覧ください」

再び、かさかさとページを繰る音が静かに響く。

「K信金さんとのリレーションシップ・バンキングを行う根拠となる弊社のマスクに関する

パテントマップ《特許地図》を示しています」

そこには二次元のグラフに密集した黒い点と、そこから離れた数点の赤い点が記《しる》されている。

「黒い点は同業他社の技術を示しています。多くの技術がこの範囲に密集しています。それに反して赤い点は『男前マスク』と『王女のマスク』の知的財産を示していますが、密集した黒い点群から明らかに離れていることがおわかりになると思います。すなわち、弊社の技術はこれまでのマスクにないとてもユニークな技術であるということが、この図からも明らかです」

優介は自分が説明することに皆が真剣に耳を傾けていることに自信を持ち始めていた。自然と声が大きくなり、会議室に反響した。

「ですから、弊社のマスク事業は、これらの知的財産によりしっかりと護られていることを意味しています。事実、これまでの模倣品はことごとく排除できています。

すでにご承知のとおり、これらの阻止活動は留目先生のご尽力によるものです」

「それはたまたま偶然うまくいっただけのことだ。他社だって売れるとわかればどんどん参入してくる。そうしたら丸福なんてちっぽけな会社はひとたまりもないだろう」

新一郎は優介に臨みかかるかのように言った。

優介は兄をキッと睨み、こぶしを握った。

——何故、兄貴はそこまで……。

「開発部長。次をお聞かせください」

またもや安田からの発言だった。

優介は安田の方に振り向き、小さく頷いた。そして、かすれる声を搾り出すようにして続けた。

「このグラフにある赤い点は、黒い点群よりいかにも弱々しく見えるように、弊社の技術と知的財産はまだまだ未熟です。これからもさらに新しいマスクの開発と知財権を確保する必要がありますが、そうすることで他社からの参入を防ぎ、弊社の利益を護る砦になるものと確信しています」

優介は言い終えると、バタリと腰を抜かすようにして椅子に座り込んだ。

静寂が会議室を覆った。それもそうだろう、社長の新造にしても専務の正義にしても寝耳に水のことで、聞きなれない初めて耳にする言葉ばかりだ。どう判断してよいのか、測りかねた。

夕子にしてみれば、出来が悪いと思っていた子が自分には到底わかるはずもない難しいことを滔々《とうとう》と喋《しゃべ》っているのだ。それもみんなが感心して聞き入っているのが手に取るようにわかる。こうなれば、誰がなんと言おうと優介を応援してやろう。息子が生き生きと輝きを放ち始めた様は誇らしくもあり、嬉しいものだった。

丸福の関係者で優介の話を正しく理解できたのは唯一、新一郎だけだった。それだけ優介の話は斬新で唐突だったということになる。その後の優介の話はK信用金庫とリレーションシップ・バンキングを行うためには完璧といえるほどに素晴らしいスピーチだった。現在から未来に向けての経営方針についても手元の資料に明確に記されている。

新一郎はあの優介が、短い期間にこれほどまでの資料をよくぞ作ったと心の中で拍手を送っていた。もちろん、そのことは口にすることはなかったが。

——ひょっとしたら、丸福はこれで大丈夫かもしれない。

工場を売って、跡地にマンションを建てるハッピー・リタイアメントを、心のどこかで考えていたが、これを優介が完膚なきまでに打ち砕いた。でも、これでよかったのかもしれない。いや、これでよかったのだ。俺はいまの銀行で頑張ればいい。俺のミスで作ってしまった一千万円は、俺自身の力でなんとかする。あのへなちょこだった優介なんかに負けてはいられない。

やせ我慢もあったが、そう思うと急に胸の奥が熱くなるのを感じた。

しかし、と新一郎は思う。

――この成功は長くは続かないかもしれない。

続けるためにはとてつもない努力と辛抱が要る。優介はそんな茨の道を歩もうとしている。工場を売って、その金でマンション経営していれば、これからの苦労をせずにすむのにと、再びそんな思いも浮かんでくる。本当に……、バカな奴だ。でも本当にすごい奴だ！

そう思うと、いつの間にか目の前の景色がにじんできた。

ウーム、と安田は唸《うな》り声を上げた。

「このパテントマップが本当なら、丸福さんのマスクはとても強い技術だといえる。ところで、念を押すようだが、この図は本当なんだろうね」

どこまで疑り深いのだろうか、安田は資料から目を離すと上目使いに優介を見つめた。

「もちろんです。この図は留目特許事務所のせんせー方に作ってもらったものです」

安田はわかったと頷くと、

「ところで、ここに書かれたリレーションシップ・ビジネスを考えたのは誰かね」

と、当然の疑問を口にした。

優介は咄嗟に植田に目を向けると、植田は小さく首を横に振った。

「こ、これは、いろんな方の助言をいただきながら自分で考えました」

きっぱりとそう答えた。

「そうですか。まあ、ちょっと信じ難いところもありますが、ご本人がそうおっしゃるなら、信じましょう」

安田はちらりと植田を見やりながら言った。

「今日いただいた資料は持ち帰り、さらに詳細に検討させていただきます」

ただし、と安田はいったん言葉を切り、新造、正義、優介と順に視線を送った。そして、続けた。

「もちろんご承知のことだと思いますが、この資料に瑕疵《かし》等がございましたら今後のお付き合いは一切ない、ということで、よろしいですな、社長」

強迫ともとれる強い声で名指しされた新造は、硬い表情のまま、わかっていると頷くしかなかった。

丸福マスクのK信用金庫への経営説明会は終わった。長い長い二時間のようにも、あっという間の二時間だったようにも思う。優介はこれまでに経験したことのない緊張感からたった今、開放されたのだ。両腕を机に投げ出し、ガックリ肩を落とし椅子に深く座り込んでいる。

「ゆ、優ちゃん……」

夕子は声を震わせ、わが子を呼ぶと、後は声にならず、両手で顔を覆ってしまった。

新一郎は立ち上がり、優介に近づいてきた。そして、優介の肩に手を添えた。

「とにかくこの場が凌《しの》げてよかったな……。当然わかっていると思うが、これからが本当の勝負だぞ。覚悟はできているんだろうな」

優介は兄を見上げると、唇をギュッと真一文字に結び、ゆっくり大きく頷いた。

向かいでは正義が新造に歩み寄り、「新さん」と声をかけた。

「俺たちの時代はこれで完全に終わりましたねぇ」

「マサさんもそう思うかい。さっきから俺もそれをずっと考えていた。優介の奴が出してきたこれだが、半分もわかりゃぁしねえ。本当に参ったぜ」

「わたしもわかりませんでしたよ」

二人はわっはっはっはと、会議室から飛び出すほどの大きな声で笑った。

そんな二人の様子を見ていた夕子も、涙を拭いながら顔を綻ばせた。

新一郎だけが、優介の前途を考えると複雑で、軽々しくは笑えない。これからもいろいろな問題が待ち受けているだろう。でも、今の優介ならきっと丸福を立派に立て直してくれるだろうと念じながら、誰にも気づかれないようにそっと会議室を後にした。

＊

「また、ひどい所にちんけな事務所を構えたもんだな」

黒い影は辛らつなことを言った。

「入ってくるなり、何なんですか。失礼じゃないですか」

香織は手に持っていた通帳をさっとたたんでポケットにしまい込んだ。

「先生。ご無沙汰しています」

茂が明るい声で挨拶した。

「せんせー、ってことは」

香織は驚いて、声が裏返った。

「こちらはわたしの恩人の佐藤先生です。それで、こちらが朝井香織さんで、わたしのパートナーです」

「人生のパートナー。いつのまに。それは、おめでとう」

佐藤はさっと右手を差し出した。

「いえ、そういう意味じゃなくて、この事務所のパートナーです。特許の調査を担当してもらっています」

佐藤にそう香織を紹介した。

「なんだ、奥さんじゃないのか。おとなしかった留目君だったから、よくやったと褒めようかと思ったのに、それは残念だな」

佐藤は差し出したやり場のない手をすごすごと引っ込めた。

香織はいきなり奥さんかといわれ、気恥ずかしさとばつの悪さもあり、頬を赤く染めた。

「それで、事務所の方はどうなんだ」

「はい。想像していた以上に大変で、正直にいうととても苦しいです」

「そうだろうなあ……」

佐藤は十畳一間の殺風景な事務所を眺め回すとしみじみ言った。

「ところで腰の具合はどうだ」

「ええ、おかげさまでだいぶ良くなりました」

「それは良かった。こっちに来て何年になる」

「そういえば毎日毎日が必死で、考えたことがなかったです。えーっと、たしか来月で三年でしょうか」

「三年か。こんな下町でよく頑張ったな。いつ弱音を吐くかと思っていたんだが」

茂は佐藤が何を言おうとしているのかわからなかった。訝しく思っていると、いきなり、

「戻ってこないか」

佐藤は真顔になっていた。

「はっ、先生の事務所にって、ことですか」

「そうだ。俺を手伝ってくれないか。今はまだ無理だが、ゆくゆくは俺のパートナーになって欲しい」

突然の申し出に茂は困惑した。佐藤・木村特許事務所のパートナーに、この俺が、クライアントは各業界の大手の優良企業ばかりだ。収入は今とは比べ物にならない破格のものになるだろう。アメリカやヨーロッパへも年に何度も出かけることになり、弁理士としての知名度もまったく違うものになる。六本木か代官山の高級マンションに住み、高級クラブで美人に囲まれる自分の姿を想像した。これを断ることは……、間違いなくバカだ。

茂は不安そうに見つめる香織をちらりと見た。

佐藤はこれ以上の条件はないだろうと、にこやかな顔で茂の返答を待っている。

茂は香織から佐藤に視線を戻した。

ほんのしばらくだったかもしれない。沈黙の時間が流れた。そして、
茂は、ゆっくりと頭を左右に振った。

「先生のお誘いは涙が出るくらい嬉しいです。でも、わたしはここでやっていきます。地元の、下町の、数少ないですが、わたしを頼ってくれるクライアントがいます。この人たちの期待や願望を裏切ることはできません。少しでも役に立ちたいのです。それに……」

「それに、なんだ」

佐藤は怪訝な顔をした。

「それに、この下町で働いている人たちの夢と、わたしの夢を共有したいのです。ここではそれができます。だから……」

そう言うと、深々と頭を下げた。

「……うーん。それが君の本心か？　強がりではないのか？」

佐藤は頭を下げ続ける茂を見て、

「確かに俺の事務所ではそれは無理だな。それにしても、留目君の気持ちを、そこまで変えたのはなんだったのかなあ」

ちらりと香織に視線を送った。

「まあ、それはそのうちゆっくり聞かせてもらうとして、もし、気持ちが変わるようなことがあれば、連絡をくれたまえ。いつでも歓迎するからな。そのときは朝井さんといったかな、君も一緒に来ればいい」

佐藤は香織と茂を交互に見ながら言った。

「心に沁みるお言葉、本当にありがとうございます」

茂は再び深く頭を下げた。

香織も茂の横に並んで頭を下げた。

話が終わり、出て行こうとする佐藤は何かを思い出したのか、振り替えると、

「もし、一年前にここへ尋ねて来ていたらどうだった」

茂は目を細めると一年前を思い返す。遠い昔のことのようにも、つい昨日のことのようにも思える。とても苦しい一年だった。それを思うと、

「たぶん、先生のところに戻っていたと思います」

茂は何の躊躇《ためら》いもなく口にした。

「そうか。わたしの判断が遅かったということだな」

茂は無言のまま恩師を見つめていた。

「じゃあ、元気で頑張ってくれ。おっと、肝心なことを言い忘れるところだった。これからも俺の事務所の仕事を手伝ってくれるよね。頼んだよ」

そう言い残した佐藤は、今度は振り替えることなく、西日の射すガラス戸から出て行った。

茂は頭を下げたまま、隣で同じように頭を下げている香織の手を取ると強く握り締めた。

すると、ガラガラっと勢いよく扉が開く音がした。

はっとして茂は香織の手を放し、頭を上げると再び黒い影が立っていた。

「まち弁、とどめせんせー。助けてください……」

油まみれの作業服姿の男が今にもくず折れそうに立ち尽くしている。

香織は赤い頬を隠すようにして奥の台所に姿を消した。

今度はどんな難題が待ち受けているのだろうか。男は差し出された椅子にうなだれたままだ。

香織が淹れた珈琲のいい香りが二人の男の鼻孔をくすぐった。

男はぼそぼそと話し始めた。


本誌に登場する人物、団体名は実在するものではありません。全てフィクションです。

謝辞

この小説を作成するにあたり、左記の弁理士や友人たちに監修をいただきました。そして、他にも弁護士や多くの先生方に貴重なご意見やご指導をいただきました。ここに深く感謝申し上げます。

高岡ＩＰ特許事務所　所長弁理士　高岡　亮一　先生
同　渉外部　染川　佳代　様
ＪＸリサーチ株式会社　知財ソリューション部マネージャー　梅津　晴明　様
特許業務法人青莪　代表弁理士　山下　雅昭　先生
ミノル国際特許事務所　所長弁理士　安彦　元　先生
ジャパンモード株式会社　代表取締役　保科　孝　様
同　執行役員　川瀬　哲也　様

（順不同）

平成二八年七月

参考文献

＊1　帝国データバンク「２０１４年全国社長分析」（２０１４年）より
＊2　日本弁理士協会ＪＰＡＡジャーナル、２０１４年

・保倉行雄著「意匠への期待～意匠権を用いた戦略的な知財活用に向けて～」The Invention 2015,No.6,P.60-63
・玉井誠一郎著「知財戦略経営概論」日刊工業新聞社、p.68-70（2011年）
・「特集　技術秘密漏洩を防ぐためのガバナンス」、The Lawyers May 2014
・岩堀邦夫著「意匠権活用例の検討―特許権・実用新案権との併用」パテント2014,Vol.67 No.10
・「新たな実用新案制度の創生と提案」、平成25年度特許委員会（第1委員会及び第2委員会）第4部会、パテント2014,Vol.67 No.7
・「特許ニュース、特許権とブランドの価値評価」、一般財団法人経済産業調査会、平成27年1月9日、No.13876
・日本知的財産仲裁センター運営委員会、「特許ニュース、中小・ベンチャー企業の知的財産活動に対する支援と課題～特許庁における取組を中心に～〔上〕」、一般財団法人経済産業調査会、平成27年6月10日、No.13978
・日本知的財産仲裁センター運営委員会、「特許ニュース、中小・ベンチャー企業の知的財産活動に対する支援と課題～特許庁における取組を中心に～〔下〕」、一般財団法人経済産業調査会、平成27年6月11日、No.13979

・磯田直也著「特許侵害訴訟　2．訴訟における争点の整理と証拠調べ」日本知的財産協会、2013年度関東D6コーステキスト
・ヘンリー幸田著「なぜ、日本の知財は儲からないか、パテント強国アメリカ　秘密の知財戦略」レクシスネクシス・ジャパン（2013年）
・クレイトン・クリステンセン著、玉田俊平太監修、伊豆原弓訳「イノベーションのジレンマ　技術革新が巨大企業を滅ぼすとき」翔泳社（2001年）
・石田正泰監修、鈴木公明編集「図解入門ビジネス　最新知財戦略の基本と仕組みがよ~くわかる本」秀和システム（2006年）
・宇佐美弘文著「企業発展に必要な特許戦略」北樹出版（2010年）
・玉井誠一郎著「知財インテリジェンス─知識経済社会を生き抜く基本教養─」大阪大学出版会（2012年）
・久野敦司著「特許戦略論　特許戦略の理論とノウハウ」p.43-59、星雲社（2006年）
・久慈　直登著「喧嘩の作法」株式会社ウェッジ（2015年）
・METI／経済産業省　「意匠権相談事例」、「模倣品・海賊版対策事例集について」
・特許庁データベースからのマスクの特許、特許実用新案、意匠および商標に関する公報
・税関ホームページ

【著　者】
黒川　正弘（くろかわ　まさひろ）工学博士

1952年生まれ、奈良県出身。1980年大阪市立大学大学院工学部後期博士課程修了。同年三菱ガス化学株式会社に入社。研究推進部で特許100件以上を出願する。2005年、知的財産グループに異動。特許戦略等に関する多くの講演会を国内国外で実施中。
＜主な著作＞
『これからの特許の話をしよう―奥さまと私の特許講座―』（三和書籍）。『特許と土偶とGDP―アフター5発、B列車で飲みに行こう―』（近畿化学工業会、きんか）エディター賞受賞。『チャイニーズ　リング』（文芸社）。『蒼空とリウ』著者名流源太（ながれ　げんた）、インターネットで公開中。『慟哭のアペル』（未発表）を含め著作多数。

留目弁理士　奮闘記!
『男前マスク』と『王女のマスク』

2016年　9月　10日　第1版第1刷発行

著　者　黒　川　正　弘

発行者　高　橋　考
発行所　三　和　書　籍
〒112-0013　東京都文京区音羽2-2-2
TEL 03-5395-4630　FAX 03-5395-4632
sanwa@sanwa-co.com
http://www.sanwa-co.com

印刷所／製本　モリモト印刷株式会社

ISBN978-4-86251-201-7 C0093

本書の電子版（PDF形式）は、Book Pub（ブックパブ）の下記URLにてお買い求めいただけます。
http://bookpub.jp/books/bp/444